漱石・明治・京都

丹治伊津子

翰林書房

夏目漱石の句碑
木屋町に宿をとりて川向の御多佳さんに
春の川を　隔て、　男女哉　漱石
句碑は昭和四十一年（一九六六）十一月、「漱石会」が明治の文豪夏目漱石（一八六七〜一九一六）の生誕一〇〇年を記念して、句にゆかりの現地に建てた。
漱石は、生涯、四度にわたって京都を訪れた。最初は明治二十五年（一八九二）七月、友人で俳人の正岡子規とともに。二度目は明治四十年（一九〇七）春、入社した朝日新聞に「虞美人草」を連載するためで、三度目は二年後の秋、満州（中国東北部）への旅の帰路であり、四度目は大正四年（一九一五）春、随筆「硝子戸の中」を書き上げた直後であった。
このとき、漱石は、画家津田青楓のすすめで木屋町御池の旅館「北大嘉」に宿泊。祇園の茶屋「大友」の女将磯田多佳女と交友を持つが、ある日、二人の間に小さな行き違いが起こる。漱石は、木屋町の宿から鴨川をへだてた祇園の多佳女を遠く思いながら発句を送った。句碑にある句である。（撰文　杉田博明）
この銘板は、平成一九年（二〇〇七）十月、京都での漱石を顕彰する「京都漱石の會」（代表・丹治伊津子）が発足したのを機に建てたものを、令和四年（二〇二二）十月、新調した。
京都漱石の会
京都市
Soseki's Stone Monument

漱石の句碑と駒札

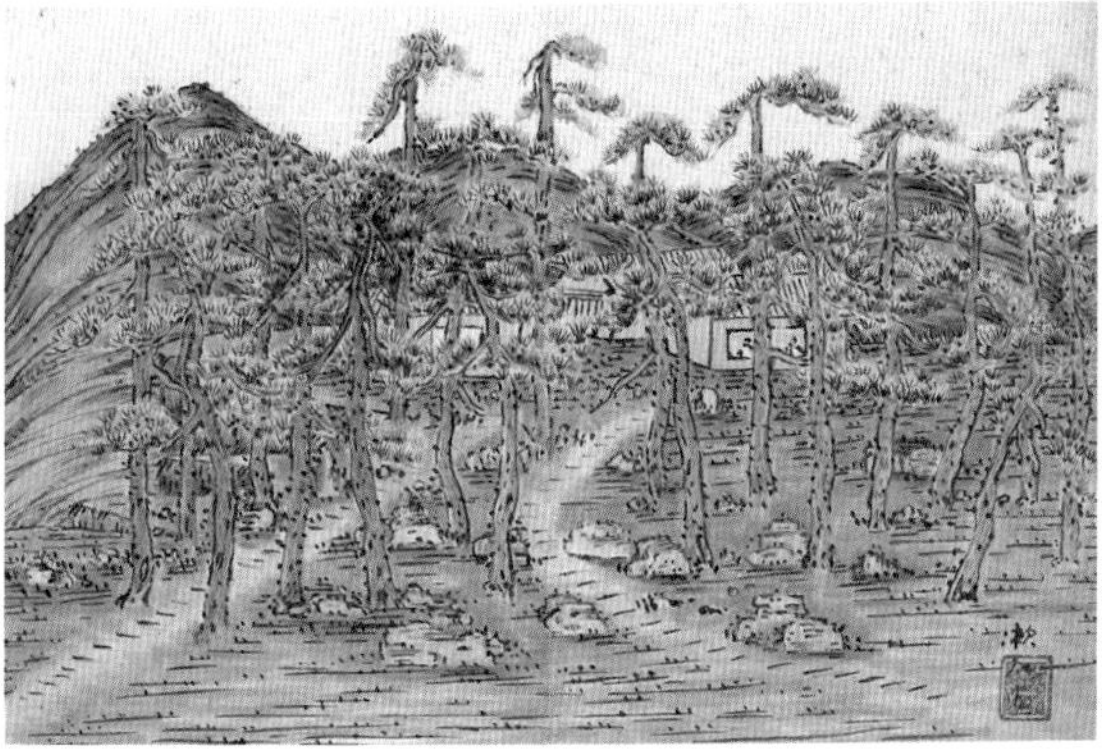

「松林図」（『観自在帖』）

「藤花図」（『観自在帖』）

大正四年三月十九日から四月十六日までの京都滞在で漱石は四冊の画帖を描いたとされている。祇園の茶屋大友の女将磯田多佳のために京都で描いた『観自在帖』、東京に帰った後野村きみの頼みで描いた『咄哉帖』『不成帖』、そして行方知れずとなっている『不知帖』である。

後に鏡子は京都時代の書画について次のように書いている。

京都からかえるときには、こんなふうにさんざんいろいろ書いた上に、まだ画帖を皆さんから三、四冊も預かってきまして、好きな道とは云いながら、根気よく花卉とか風景とか詩とか俳句とかをかきまして、届けてやっておりました。

この時のものは、病気でのんびりしてひまにあかして描いたもののせいか、私どももたいへんおもしろいかと思われます。

（『漱石の思い出』）

「壺と竹図」（『不成帖』）

「芭蕉図」（『咄哉帖』）

牡丹図（『咄哉帖』）

千玄室大宗匠と

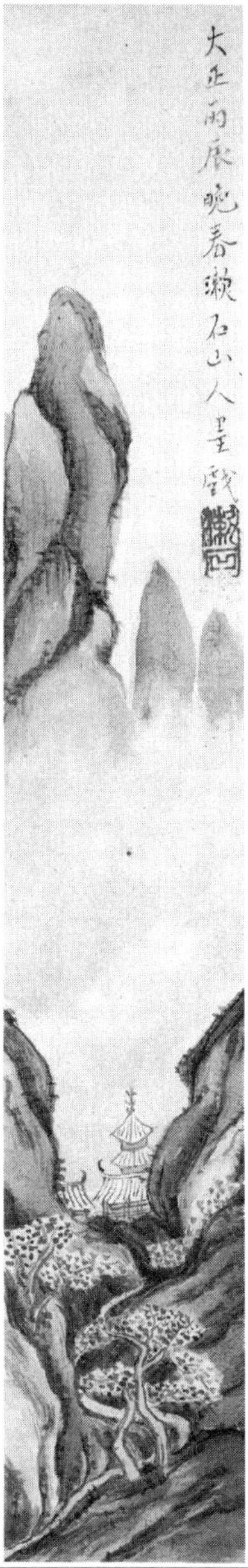

漱石・明治・京都

目次

Ⅰ

杜甫の愚直　漱石の拙　7
『彼岸過迄』の「雨の降る日」に――西田幾多郎と漱石――　13
浄林の釜――子規・愚庵・漱石――　21
『虞美人草』の頃――西園寺首相をソデにした漱石――　30
色ということ、空ということ　41
ロンドンの漱石本　46
片付かない京都　53
「明暗」のお延と清子　66
悪妻あっぱれ――夏目鏡子と新島八重――　78
谷崎潤一郎の漱石批判　89

厠の陰翳と羊羹の色　96
輝ける若葉　一条美子の君　106

II

夏目漱石「京に着ける夕」論
――寄席・落語に始まった子規との交友――　141

III

「心」によせる茶会　177
茶道が結ぶ日本とハワイの絆　182
二つのメモリアル　194

普請の思い出 203
ドラという名の日本猫 208
落ち椿 217
私の京都新聞評 220
漱石句碑の縁 234
「空」を重んじる思想 239
養壽庵の軸を床に掛ける 242

あとがき 247

I

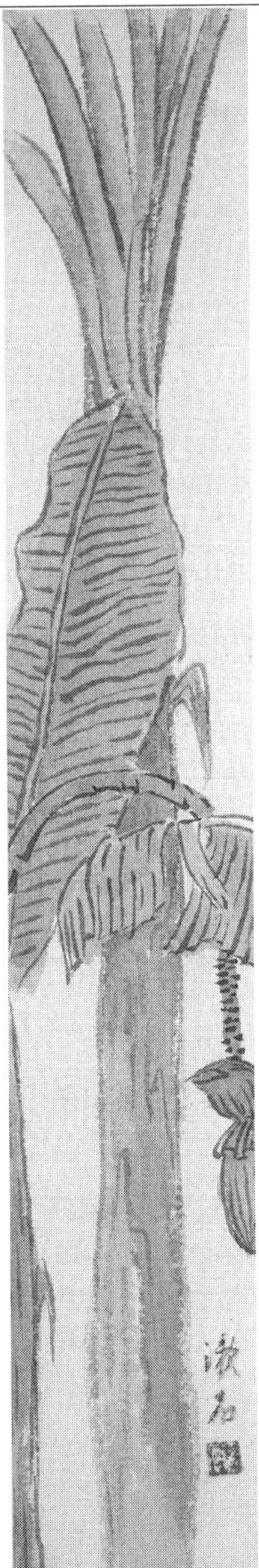

杜甫の愚直　漱石の拙

確か今から四、五十年前の頃であったと思う。女の厄年と言われる三十三歳で遅い結婚をし、翌年に一人っ子を出産。手探りで家庭を作っていったものの、夫の実家は静岡市、私の実家も近辺ではない。いわゆる核家族の極く小さな一典型だった。

世間知らずで専業主婦の妻に、夫は融通性のない学問一筋の大学教師という取り合わせ。月給運搬人の役割はきちんと果たしてくれたが、研究書の膨大な購入でサラリーから多くが消えていった。当時は恨めしく感じたのも事実だったが、それは夫の学問と家庭を守る重要な投資であったと今では心から感謝している。人付き合いが不得手で毀誉褒貶にはまことに恬淡とし、目的の仕事を全うし、人生九十年を穏やかに過ごす夫を見ると、漱石の「拙」を思わずにはいられない。

漱石が「拙」という語を使ったのは、熊本より正岡子規にあてた手紙の中だった。明治三十年二月、「子規に送りたる句稿二十三」の四十句のうちの、

木瓜咲くや漱石拙を守るべく

という一句である。

ボケの花は桜とも梅とも違いあまり存在感のある花ではない。白、ピンク、赤の小さな花々がつつましやかに咲く木である。呆けとも取れる花の名の読み方に、木瓜はただ黙然としている。元は木に瓜のような実をつけることから木瓜《もっこう》と呼ばれ、ぼっけ、ぼけと言われるようになった。世間で人に贈る花の中では、特に高齢者には贈れないナンバーワンだという。

また、『草枕』に、

木瓜は花のうちで、愚かにして悟ったものであろう。世間には拙を守るという人がある。この人が来世に生れ変るときっと木瓜になる。余も木瓜になりたい

との一節もある。漱石は中国の古典に学んだのかもしれない。陶淵明の詩に次の一句がよく知られている。

拙を守り田園に帰る（陶淵明「守拙歸田園」）

また、他の詩人に「守拙」の語も見られる。

職を棄ててすなはち拙を守る（韋應物「棄職曾守拙」）
拙を守るに自ずと群を離る（錢起「守拙自離群」）

拙を守るという言葉は漱石の憧れであったようだ。つたない、まずい、と言うことから、拙ない、拙を守るとの生き方に通じる、これは同じ範疇にある愚直と通じるものではあるまいか。世の栄誉とは無関係に、自分の信念に誠実に生きた夫を長年見てきた事もあり、漱石のこの句を愛おしくさえ思える。

さて、題名に戻るとしよう。漱石は杜甫を好んでいたのではないかとおぼろ気ながら思うようになった。昔に遡ると、私が茶道の出稽古に行くようになり、知り合いの書画骨董の会社に行ったときのことだった。そこで私は入荷したばかりという漱石の書に出会い、即座に購入を決めた。出典は杜甫の漢詩だとのみ伝えられただけだった。大変な出費であることも覚悟で預金を叩いたことを忘れない。当時四〇〇万の価格を領収書だけ三五〇万に書いてもらい自宅に持ち帰った。少しでも安価にして、分不相応な買い物を夫に知られたくないとの気持ちだったのかもしれない。

その書が写真にある軸ものである。読みと漢詩の作者を正確に知り得たのは最近のこと。興膳宏先生から「お尋ねの杜甫の詩句は、「秦州雑詩」二十首その九に見えます。秦州は、この度の拙文にも見える地名です。なお本日、地図を郵送しましたので、ご参照下さい」とご丁寧な解説を頂いたのは本当に幸運であった。

叢篁低地碧　　叢篁　地に低くして碧に
高柳半天青　　高柳　天に半ばして青し

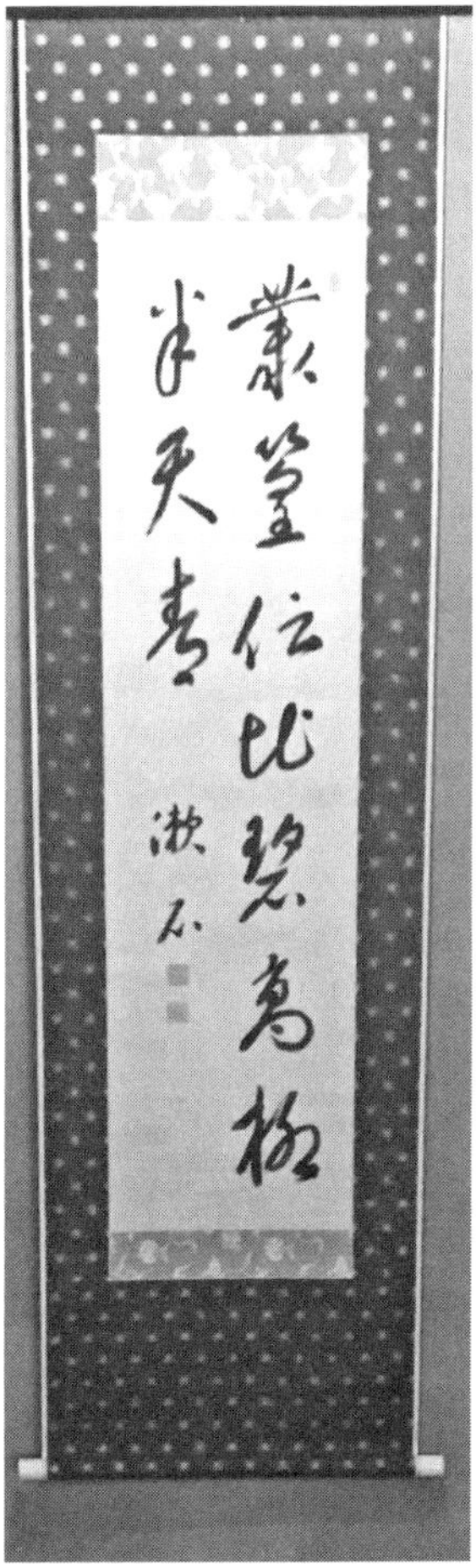

杜甫の漢詩の二行を揮毫した漱石の想いにようやく接することが出来たのである。叢篁とは、竹藪を意味するという。私見であるが、漱石の好む竹の緑が低地に輝くさまを思う。宝石のエメラルドグリーンか、対句の高柳のさらに天を仰げば、ブルーサファイヤの青か。

後日さらにご示唆をいただいた。「叢篁」は、直訳すれば「繁った竹やぶ」。対の「高柳」が垂直方向を意識しているので、水平方向に広がる感じを出したのだと。——なんという深い対句であろうか。

漱石は様虚碧堂と号し自分の書斎の名にしていたように、碧も青も特に好んだ色調であった。興膳先生は会誌『虞美人草』（第30号）の巻頭文の中で杜甫は愚直ともお書きになっている。私はわが意を得たりと秘かに微笑んだ。

この軸は先年、今日庵桐蔭席七月二日、私の当番にて広間席の床に掛けさせて頂いた。写真二枚は床の漱石書と床前の私。後ろの花は笹ユリ、花入れは竹置筒、不見斎、認得斎共作。私にとってはまことに幸せな茶席であった。友人らの手助けあればこそと合掌。

＊漱石の軸を購入した経緯はこちらをご覧下さい
http://kyoto.wabisuke.jp/tanakasyuji.html

『彼岸過迄』の「雨の降る日」に

——西田幾多郎と漱石——

（彼岸過迄）　大正元年九月十五日発行
著作者　夏目金之助　発行者　和田静子
発行所　春陽堂　　　実　価　金一円五十銭

と奥付に記された復刻版。このところこの一冊を開くことが多い。「夏目漱石氏著・橋口五葉氏意匠」と広告文もある一〇冊の夏目漱石選集。十年以上も前に購入していたものが、いまなお親しく手元にあることがうれしい。総ルビで字が大きくとても読みやすい。とりわけこの八月に両目の手術を行い、二度の入退院を繰り返した私の傷んだ目にはやさしいように思われる。

復刻版『彼岸過迄』表紙

まず、惹きつけられたのは表紙である。インドの衣装をまとった女性が沙羅の木だろうか、その下に腰をかがめ、集まって来た七羽の鳥たちに餌をあげている図である。上下に子、丑、寅、午、未、申の六頭がそれぞれあどけなく並んでいる。裏表紙は、同じ女性が沙羅の木の下、右手に水瓶をもった姿で佇んでいる。振り返るようにして視線は池の三匹の魚たちに向けられている。やはり上下の動物は卯、辰、巳、酉、戌、亥で、裏表で十二支の動物ということになる。植物、動物、魚が人間と一体となり相和している。この表紙絵は、なにか此岸から見た彼岸を描いているのではないかと感じる。

五葉のこのアールヌーヴォー的な装丁の作品を、漱石はどのように評価したのだろう。じつは五葉を漱石に推薦したのは、熊本の五高時代の教え子であった兄の橋口貢であった。この作品の後、直ちに五葉は「吾輩は猫である」の装丁をまかされ、「僕の文もうまいが橋口君の画の方がうまい様だ」と漱石から賞賛の書簡をもらっている。

菊版四八八頁のこの本をまず開いた扉に、渋い緑色の書名と漱石著の五葉デザインの文字、画は駱駝が歩く図で、その前足が人間の足のように見える。此の地から彼の地への歩行ということの含みかもしれない。

漱石は、「彼岸過迄に就て」という緒言の最後の辺りに次のように述べている。

「彼岸過迄」といふのは元日から始めて、彼岸過迄書く予定だから単にさう名づけた迄に過ぎない実は空しい標題《みだし》である。

それは事実であったかもしれないが、そうともいえないものがあるのではなかろうか。なぜなら扉の次の頁の中央に、次のような四行が赤い文字で刻まれているからである。

此書を
亡児雛子と
亡友三山の
霊に捧ぐ

修善寺大患の後、厳しい一年数か月ほどを送り、漸く作家として読者に面白いと思ってもらえる作物を書こうとする漱石が、構想を練るのはやはり自己を投影した家庭内のことではなかったか。そんな漱石の身にふりかかったのが雛子の急死であった。漱石の日記には、雛節句の前日の宵に生まれ、愛らしく育った雛子の存在があまりにも大きく、その死に打ちのめされた独りの父親の衝撃が連日のように綴られている。漱石は「自分の胃にはひびが入った。自分の精神にもひびが入ったような気がする。如何となれば回復しがたき哀愁が思い出す度に起きるからである」と記している。

短編「雨の降る日」では、雛子が宵子となり、その父親である松本は漱石の分身となっている。うら若く魅力的な千代子を通して、はかなくあの世に逝った末娘への痛切な思い、雨の日に来る訪問者には会わないという松本の意地も、愛児の当時の有様を思い出したくないからだ。ただ、この寂寥感ある一話の底辺に、回生へのバックミュージックが流れているのではないかとも感じられる。「結末」の章の最後の文に…

ここで、漱石と同時代の著名人で、当時の漱石より四年余り前に愛児を失った人物について触れておきたい。西田幾多郎である。幾多郎の書簡で思いがけずこの事実を知るとともに、私は「雨の降る日」の宵子の死より先にあった父親の深い悲しみを見た。書簡の文章は愛情こまやかで、誠実さにあふれ漱石のいうところの〈拙〉の品位が感じられる。幾太郎と漱石は東京大学で共に学んでいる。幾太郎は漱石について、

有名な夏目漱石君は一年上の英文学にいたが、フローレンツの時間で一緒にヘルマン・ウント・ドロテーアを読んでた様に覚えて居る。

と書いている（「明治二十四五年頃の東京文科大学選科」『図書』一九四二年一一月号）。

西田幾多郎書簡集（二〇二〇年九月　岩波書店）を手にしたのは、先月刊行された夫の訳注『華厳経入法界品』上中下（共訳）の編集者鈴木さんが夫にこの文庫本を献本してくれたか

らである。よそ者の私が見るともなしに読み進んでいくと、「なんと素晴らしい！」と声をあげてしまったのだ。漱石書簡集を読んだ時と同じく、人への深い愛情と高い哲理を有しながら平等を志すその人間性に惹きつけられた。書簡の中から、

明治四十（一九〇七）年一月十四日　堀維孝　金沢より（愛児の死）
先日は種々御手数を煩わし奉謝候。その後北条先生よりも御手紙をくだされ京都の方はゆかぬことと相成り候、嘗て三竹君に名をつけてもらうた次女幽子昨年より重々の病気の処遂に去十一日死去いたし候。丁度五歳頃の愛らしき盛りの時にて常に余の帰りを迎へて御帰りをいひし愛らしき顔や余が読書の際に坐せし大人しき姿や美しき唱歌の声やさては小さき身にて重き病に苦しみし哀れなる状態や一々明了に脳裏に浮ひ来りて誠に断腸の思ひに堪へず候。余は今度多少人間の眞味を知りたる様に覚え候。小生のごとき鈍き者は愛子《まなこ》の死といふごとき悲惨の境にあらされは真の人間といふものを理解し得すと考え候。早々

さらにもう一通、末尾に夏目漱石の名を挙げて英語の綴りをしたためている注目すべき

書簡がある。

明治四十（一九〇七）年七月十一日　藤岡作太郎［封筒欠］［年月推定］　金沢より

（東京に出て自己を錬磨したい）

（前文略）

余は蘊蓄といふことは田舎の方がよいかも知れぬが、之を錬磨完成するには都の方が可なりと存じ候。余程の人物にあらざるよりは多少外界の刺激なる者が必要に御座候。夏目の productive にして熊本に居りては何者もできなかったのを見ても分り候。

私は新しい発見をした思いで胸を熱くした。横文字のほうはよく分からないが創造性とでも受け取っていいだろうか。漱石の全体をよく観ていた西田幾多郎！　蘊蓄を自分のなかに思いをひそめて思想を深める為には閑かな所がいいが、しかしそれを公に発表して行くには「外界の刺激」に富む都会の方が良いと、夏目の名を出して地方では何も出来なかったと分析している。そのことが判明した今回の書簡との偶然ともいえる出会いであった。

「雨の降る日」の作家漱石の人間性と、哲学者西田幾多郎の人間性、二人の姿がダブって見えるように思われ、有ることは難しというそのままの有難い心持にある自分を思い、ひとり微笑している。

浄林の釜

――子規・愚庵・漱石

1

一東《いっとう》の韻《いん》に時雨《しぐ》るゝ愚庵《ぐあん》かな

（「正岡子規へ送りたる句稿」）

明治三十年冬、漱石が子規へ二十句を送り講評を求めた中の一句で、文末に漱石拝とある。二人は俳句にかけては師弟の間柄でもあったが、この句だけには、子規は二重丸をつけて返しているのが注目される。

漱石自身しぐれを詠んだ句は多いがこの一句にはとくに愛着をもっていたようである。「漱石の女弟子 藤浪和子」（拙著『夏目漱石と京都』）にもそのことをとりあげたが、改めて少し引く。

しぐれて寒い日がつづく。（中略）漱石先生の時雨の句の軸を、久し振りにかける。前に南蛮すだれ写しの花瓶に葉つき蠟梅と薔薇に枝をそへて入れる。（中略）夏目先生にこの句を書いて頂いたことを思ひだす。

それはお正月の六日だつたと思ふ。前の年の暮れに詩の句を書いた半切をわざわざ送って下さった。それで此の度は俳句を一枚頂きたいと願つた。

（藤浪和子随筆「花と花生と」）

和子の持参した郷里の銘産を機嫌よく受けた漱石から、「お礼に一つ書くから何でも好きな句をお云ひなさい」といわれ、どれがいいか迷ったが墨を磨りながら五つ六つ云った中の二つを書いてもらったという。

墨がまだ薄いと思つたが、先生はかまはず書かれて、その二枚を壁に貼つて見ておられた。

（藤浪和子随筆「花と花生と」）

二枚のうち一つは「梅が香に昔の一字あはれなり　芭蕉」、今一つを彼女は随筆のなかで明らかにしていないが、前掲のしぐれの句であったのは間違いなかろう。なぜなら西川一草亭が漱石十三回忌を東京で催した折、華道の弟子であった彼女が藤浪蔵として出展していたものだからである。

ちなみに藤浪和子は旧姓物集、「青鞜」発起人の一人であったが、のちにこの運動から離れ放射線医学者の藤浪剛一と結婚。東京で文学は漱石に、挿花は一草亭に師事した。聾教育振興会の理事としての活動もある。

奇しくも二つの句の書はともに京都と由縁の深い内容であることに驚かざるを得ない。「梅が香」は梅の木、また大正四年四度目の入洛に際して熱烈な漱石ファンであった祇園の芸妓・金之助、お君の二人が漱石への手土産に鳩居堂で買い求めて贈った「梅が香」というお香があったことをも連想させる。それは高価な香ではないが茶人にも親しまれている庶民的な練り香である。茶道では炉の季節に使用する。

2

では、今ひとつの「しぐれ」の句に詠まれている愚庵とは、いかなる人なのであろうか。

戊辰戦争で肉親と生き別れた故に、福島から静岡を経て、山岡鉄舟の導きにより京都の林丘寺住職滴水禅師のもとで出家し、清水産寧坂に小庵を結んだ天田愚庵。すぐれた漢詩人であり、万葉の風格を持つ歌人としても知られるが、清貧に徹した高潔な禅僧鉄眼和尚として慕われた。漱石は漢詩人の愚庵が定められた一束の韻を踏むさまを時雨のなかに偲んだのであろう。

子規は明治二十五年十一月十日、京都の柊屋に着いた。当時の柊屋は旅籠のような宿だったらしい。その日は時雨であった。先ず十日に一句を読んでいる。

旅人の京へ入る日や初時雨

十一月十五日　人力車で各地遊覧の後虚子と共に寺町で求めた柚味噌を手土産に天田愚庵を訪ね深夜まで語る。（後略）

この時の様子を子規はその随筆「松蘿玉液」（明治二十九年十二月二十三日）の中に次のように記している。

愚庵は東山清水のほとりにあり。ある夜虚子を携へて門を叩きしに庵主折節内に居たまひてねもころにもてなさる。庵は方丈に過ぎず片隅に仏壇を設け片側に二畳をしきりて炉を切りたり。盧《いおり》は絶壁に倚りたれば窓の下直ちに谷を臨み谷を隔てて霊山手に取るが如し。（中略）主客三人僅かに膝を容るるに過ぎざれど境、静かに人、俗を離れたればただこの世の外の心地して気高き香ひの室内に満ちたるを覚ゆ。三人炉を囲んで話興に入る時茶を煎て一服を分たる。携へ来りし柚味噌を出せば庵主手を拍つて善哉と叫ぶ。

老僧や掌に柚味噌の味噌を点ず

俗をはなれ、ただこの世の外の心地する、気高い香りが満ちた室内、主と客と三人だけで炉を囲む…。愚庵は釜から湯を汲み、茶を点てる、子規が携えてきた柚味噌を出すと、庵主は手を打って「善かな」と叫んだという記述には心を揺さぶられる。質素にして、足るを知るこころ、しみじみと伝わる慈愛、侘びの極致とはこうしたものではないだろうか。

この時、愚庵は炉の釜を指して語った。これは浄林の作で一箇の名物だがある人の喜捨によって庵の宝になったものだと。子規はその釜をつくづく見た。菊桐の地紋が一つ二つ「いたく年古りたりとおぼしくゆかしき様」であった。和尚はこれを句に詠むよう勧めた。浄林――京釜大西家初代の名工として名高いが、貧しい愚庵に買えるような釜ではなかった。しかし、風流を体現した愚庵にこそ、この名釜はふさわしいといえよう。

やがて釜は煮えがつき、松風の音と古来いわれる煮え音がひびく。時雨の音と聴くこともあろう。私見ではあるが、愚庵は釜を水屋でざあっと水をかけ濡れ釜にして客の前に懸けたのではなかったか。茶事で客へのもてなしとしてここは重要な見どころである。濡れた釜肌に炭火は赤く湯気が白く立ち昇る、はっと息をのむ美しい一刻なのだ。

浄林の釜にむかしを時雨けり

子規の句はこのような情況で生まれたのであった。時雨けりの言葉の深さに心打たれる。

3

子規の愚庵訪問から三年あまりの後、明治二十九年春、愚庵和尚は東京根岸の子規庵を訪れた。

高き鼻長き眉、羅漢をうつしたらんが如き秀でたる容顔は昔にも変らじと見しものから東山の廬は常に吾が夢をはなれず。月の朝、しぐるる夕、ものにつけて思ひ出づるは彼の釜になん。

（「松蘿玉液」）

愚庵は精悍な面持《おもも》ちの美丈夫であったが、子規の筆はその容貌も余すところなく伝えている。ここでもっとも心に迫るのは、「月の朝、しぐるる夕、ものにつけて思ひ出づるは彼の釜になん」と子規が愚庵の釜を偲んでいることだ。

凩《こがらし》の浄林《じょうりん》の釜恙《かまつつが》なきや

（「松蘿玉液」）

あの釜はいまも恙なくおわすであろうか、そのような想いであろうか。凩（木枯し）のあるところ、子規が愚庵を迎えた季節は春であるが、あえて季語を冬にしているのは以前の句との同時性ゆえであろう。余情残心とはこうしたことではないかと思う。

子規は京都で愚庵と出会い、茶の湯の世界に心を動かされた。漱石は子規の影響下で茶道に触れた。松山は旧藩主である久松公が茶道をたしなみ、裏千家五代常叟が茶堂として出仕した土地柄である。漱石が松山に赴任した期間、茶会にも出かけ茶事も経験していた記録が残っている（詳細は拙著『夏目漱石の京都』）。

茶道の炭手前になくてはならないお香、祇園の金之助とお君さんから贈られた「梅が香」の練り香は、大正四年十二月、漱石最期の床で薫じられたことが鏡子夫人の「漱石の思い出」により知ることが出来る。

漱石は茶道を見習えとばかりに、次の一文を明治三十九年「断片35E」に書き残している。彼が茶道を毛嫌いしたとの世間の誤解を正すには十分な資料であろう。

（前略）趣味ノ修業ハサウ一朝ニ出来ルモノデハナイ。（中略）ソレデ何モワカラン人ガ趣味ノ修業ヲ積ンダ人ノ行為動作ヲ無趣味ナ眼識デ批評シタリ。其著作ヲワカラン癖ニヅー〳〵シク論断シテシカモ自分ハ立派ニ権能ガアルト心得テ居ル。

茶ノ湯ヲ稽古スルトキニハ万事茶ノ湯ノ先生ノ云フコトヲ聞カネバナルマイ。文学書ヲ読ムノダッテ茶ノ湯ニ於テ我ヲ折ル様ニ同程度ノ謙譲ノ態度デ教ヘテ貰ハナクッテハドコガドウシテ居ルカワカル訳ガナイ。

（『漱石全集』第十九巻）

『虞美人草』の頃

——西園寺首相をソデにした漱石

1

漱石が職業として小説を書くために朝日新聞社へ入社し、第一作として執筆したのが「虞美人草」であったのはよく知られている。職業作家として世に出た意味では処女作といっていいであろう。

東京帝国大学で教授目前の職を辞し、京都帝国大学の招聘をも固辞して、新聞社へ就職した漱石の決意は、普通ではとうてい考えられないものであった。この間の漱石の心中を、学友でもあり門人でもあった野上豊一郎が、次のように言及している。

夏目先生が大学をやめて小説家にならうと決心された時の心境には可なり悲壮なものがあつたやうに思ふ。今から考へれば当然な道を当然に転回したときり思へないやうであるが、その時の状態は必ずしもさうではなかつた。大学といふ所はえらい所で、大学の先生は皆えらい人であつた。少くとも世間ではさうであつた。そのえらい大学教授の仲間入をすることをあきらめて、例の博士などをもことわつて、当時それほど尊敬されてもゐなかつた文士にならうといふのであつたから、多くの人が首を傾けた。可なり強硬に反対して思ひ留まらせようとした人もあつたやうだ。併しそんなことで動くやうな決心ではなかつた。「百年の後百の博士は土と化し、千の教授も泥と変ずべし。余は吾文を以て百代の後に伝へんと欲するの野心家なり。」これが先生の本統の声であつた。此の大望を遂げるために先つ思ひ切つて背水の陣を布いたのだと解すべきである。

（野上豊一郎「『虞美人草』の頃」昭和三年四月『漱石全集』月報）

百年ののちに生き残るものこそ、世を照らすものであるというのが、漱石の志であった。どのような学問の権威であろうと、この世は「百の博士は土と化し、千の教授も泥と変ず」るのが習いだと見通す目はまことに厳しい。「文を以て百代の後に伝へんと欲する」ために選んだ作家の道であれば、漱石が第一作となる作物に渾身の情熱をそそぐのは当然だが、それが気負いがあるとする評にもなった。

2

漱石が遺した日記や書簡には、東京から京都への取材旅行がある程度記録されている。明治四十（一九〇七）年三月二十八日、仏滅、午前八時、新橋停車場を（神戸行最急行）一等で出発する。午後七時三十七分、七条（京都）停車場に到着する。今では新幹線で二、三時間のところ、約十二時間を要したことになる。

駅では狩野亨吉・菅虎雄の出迎えを受け、三台の人力車を連ね、狩野亨吉の家（下鴨神社境内）に向かった。漱石は京都に滞在している間、ここに宿泊したのだ。

人力車に乗った順序は、狩野、漱石、菅であったがこれは交友の序列を示していると見ていい。漱石が常に畏敬し兄事した狩野と、漱石に禅を勧めはしたが菅は気の置けない弟分のような存在であったのだろう。

三月二十九日から四月八日まで、漱石は連日京都市内を熱心に探訪する。京都大学、祇園・円山公園、知恩院、清水寺、その他、東本願寺、伏見桃山、嵐山、釈迦堂、天竜寺、また嵐山の保津峡に小舟で保津川下りをした。仁和寺・妙心寺・等持院も訪れたという。

四月九日には、狩野と菅と共に山端の平八茶屋の傍らを通り、高野村に行き比叡山に登る。この間の体験が「虞美人草」の冒頭に取り入れられている。作中人物の甲野は狩野であり、宗近は菅であり、それら実在の人物の投影と作者自身の分身像とが相俟って作られているのは興味深い。若きインテリらの会話が生き生きとして読者へ伝わるのは実際の友人たちの息づかいが聞こえるからであろう。

3

東京で五月を迎え、漱石は向島に行き、藤棚の下で上野で買った鯛飯を食べて昼寝をした。帰りに虞美人草の鉢を二つ買い、花の名を今後書く小説の題名にしたというのがこれまで定石になっている説である。題名といい、ヒロインの名前を藤尾としたのもこうした背景から一応は頷けるのだが、果たしてそれだけの一面的な動機だけであったのだろうか。

漱石には門下生となっている女流作家が幾人かいた。大塚楠緒はすでに、「虞美人草」という題名の小品を発表していたし、野上弥生子は「明暗」の題名の小説を公表していた。しかし、漱石からみれば不本意な未熟な作品であったのであろう。師たる者として、弟子に対し作物を示さなければならないのではないか。第一作を「虞美人草」としたのはこの題名で書くならばかくあるべきだということを示そうとしたのではなかろうか。

明治四十年五月二十八日、『東京朝日新聞』に「虞美人草」の予告が発表される。作者はこの作品を書く前に、中国の古典である『文選』を三、四回読み直して臨んだという。なぜ、英文学者・漱石は記念すべき第一作に中国の古典に学ぼうとしたのか。「虞美人」が西洋のイメージではなく、項羽が見初め、「虞よ、虞よ」と叫んだ歴史上の女性像が漱石の脳裏にあったのかもしれない。しかし作品中のヒロインにはクレオパトラが色濃く投影されている。

この朝日新聞の連載は、文壇から失敗作といわれながらも読者の圧倒的な支持を受けた。あれほど難解な文章が、話題性と華麗な舞台設定によって読者の心をひきつけていったことは、今のようなマスコミの豊富な情報伝達があり得なかった時代にあって驚異であったといえよう。

象牙の塔から自ら庶民の側に降りてきた漱石に対して、尊敬と学びの心構えで読者は喝采し、ついて行ったのではなかったか。こうした読者層があって、漱石もまた次々と作品を生むことが出来たのであろう。

4

同年六月十四日に、漱石には西園寺公望（陶庵）首相から「文士招待会」（のちに雨声会）の第一日目の会の招待状が届いた。「侯爵　西園寺公望」の署名があった。漱石はすぐに欠席の届けを出した。ハガキで出したので流石に家族が心配したが、全く意に介さなかったという。このハガキには漱石が送った一句がある。

ほととぎす　厠半ばに出かねたり

この句には様々な解釈があるが、漱石の朝日新聞第一作「虞美人草」にかける執心で、厠すなわちトイレに象徴される人間の営みを先ず優先したいといった真っ当な思いと、ホンネでは、侯爵などという肩書で人を呼び寄せることに対する冷笑があったのではなかろうか。「ただの夏目なにがしで暮らしたい」というのが一貫した漱石の信念であった。

漱石はこの明治四十（一九〇七）年の京都訪問から八年後の大正四（一九一五）年三月まで四度の京都を旅行をした。京都出身の門人津田青楓や彼の兄・西川一草亭と鴨川ほとりの木屋町の宿「北の大嘉」で、宿痾の胃病に弱りながらも、書画を書いたり長閑な会話を楽しんで日々を過ごした。

一草亭は『風流生活』に次のように述べている。

その頃西園寺公が田中村の清風荘に滞在して居られて、私は時々花をいけに行った。先生も一度西園寺さんに逢ったらどうですといったら、「逢ってどうするのかね、逢ったって仕様がないじゃないか。飲食相通ずる位なもんだろう」と皮肉を云って笑ってをられた。

当時はまだ田中村とよばれていた頃、清風荘という西園寺公望の京都別邸があった。もとは藤原北家につながる公家・徳大寺家の別荘を、明治四十三（一九一〇）年に同家二男で元首相の西園寺の別邸として改築したものだ。その田中村が今は左京区田中関田町となり、京大の施設が多く建つ場所にある。昭和十九（一九四四）年、京都帝国大学に寄贈され今では京都大学の迎賓館となっている登録文化財の広大な屋敷だ。

また二、三日して、一草亭は清風荘で公爵から小つばめという公の愛鳥を貰って帰り、漱石が滞在する宿にその鳥籠を持って立ち寄り、その話をした。画を描くために小鳥を必要とする彼に、西園寺公は自分の愛鳥にエサをやってからその小鳥を一草亭に与えたという。

「非常に珍しい鳥で、支那の小鳥だそうです。私は画を描くのにいつも山雀《ヤマガラ》を借りて来ると話したら、夏目さんが笑って、「君、山雀を借りる奴があるものですか。あんな鳥を借り物で済ますのは、帽子を借りるやうな物ですよ」といはれたが、私にはその意味が能く解らなかった。私は鳥を愛するために借りるのではなく、只画の材料にするだけだから、借り物で沢山だったのである。（『風流生活』）

帽子を借りるようなもの、と云った漱石の真意は、たとえ画を描く材料であっても自分が世話をして愛情をもった生き物でなければ自分の物にはならないということではなかったか。あんな鳥といって山雀を軽んじる意味ではなく、帽子のよしあしは自分の身体の一部になっているかどうかという意であろう。

漱石とこうしたやりとりがあったことを後日、一草亭は親しい友人である薄田泣菫に話したようである。それが翌年の四月十八日、大阪毎日新聞夕刊に連載中の『茶話』に掲載され、一草亭を慌てさせた。

陶庵侯と漱石　　4・18（夕）

西園寺陶庵〔公望〕侯の雨声会が久し振に近日開かれるといふ事だ。招かれる文士のなかには例年通り今から、即吟の下拵へに取蒐《とりかか》つてゐる向もあるらしいと聞いてゐる。

いつだつたか雨声会に、夏目漱石氏が招待を受けて、素気なく辞退した事があつた。その後陶庵侯が京都の田中村に隠退してゐる頃、漱石氏も京都へ遊びに来合はせてゐたので、それを機会に二人をさし向ひに衝き合はせてみようと思つたのは、活花去風《いけばなこふう》流の家元西川一草亭であつた。

一草亭は〔幸田〕露伴、黙語〔浅井忠〕、月郊〔高安三郎〕などにも花を教へた事のある趣味の男で、陶庵侯の邸へもよく花を活けに往くし、漱石氏へも教へに出掛けるしするので、ついこんな事を思ひついて、それを漱石氏に話してみた。

皮肉な胃病持ちの小説家は、じろりと一草亭の顔を見た。

「西園寺さんに会へつていふのかい、何だつてあの人に会はなければならないんだね。」

「お会ひになつたら、屹度《きつと》面白い話があるでせうよ。」

「何だつて、そんな事が判るね。」

花の家元だけに一草亭は二人の会合を、苅萱《かるかや》と野菊の配合位《あしらひ》に軽く思つて、それを一寸持つてみたいと思つたに過ぎなかつた。一草亭はこれまで色々《いろん》な草花の配合をして来たが、花は一度だつて、

「何だつて会はなければならないんだね。」

などと駄目を押した事は無かつた。胃病持ちは面倒《めん》臭いなと一草亭は思つた。

一草亭が思ひついたやうに、この二人が無事に顔を合はせたところで、あの通り旋毛《つむじ》曲りの人達だけに、二人はまさか小説の話や俳諧の噂もすまい。二三時間も黙つて向き合つた末、最後に椎茸か高野豆腐かの話でもしてその儘《まま》別れたに相違なからう。

（薄田泣菫『完本茶話　上』冨山房百科文庫）

＊

泣菫の洒脱な筆は最後の、「椎茸か高野豆腐かの話」で、漱石が一草亭に云った「飲食相通ずる位なもんだろう」の言葉を取り上げている。また、茹萱を西園寺、野菊を漱石に例えたことも京都のはんなりとした雰囲気が出ていよう。ただ、泣菫には漱石の思いだけはどうも通じなかったようだ。

色ということ、空ということ

1

漱石は「虞美人草」で、小野さんという元は孤児であった青年の上に京都と東京をそれぞれ書き分け、ストーリーを進めている。根無し草の水藻のイメージが小野さんになっているのも訳がある。

京都では孤堂《こどう》先生の世話になつた。先生から絣《かすり》の着物をこしらえて貰つた。年に二十円の月謝も出して貰つた。書物も時々教はつた。祇園《ぎおん》の桜をぐる〳〵周《まわ》る事を知つた。知恩院《ちおんいん》の勅額《ちょくがく》を見上げて高いものだと悟つた。御飯も一人前《いちにんまえ》は食ふ様になつた。水底の藻は土を離れて漸く浮かび出す。東京は目の眩む所である。

（四）

その少年は青年となり、上京し東京帝国大学に学ぶ人となる。漱石が登場人物をさん付けで書く二人の人物、甲野と小野。甲野は作者の分身であり、小野は立身出世の為、色香に幻惑される青年として描いている。

明治から大正半ばまでは東京帝国大学では卒業式で、毎年優等生十名に対して恩賜の銀時計が天皇から下賜されていたと伝えられている。

小野さんは考へずに進んで行く。進んで行つたら陛下から銀時計を賜はつた。（四）

天皇から賜った銀時計——将来が約束されたエリート。が、小野さんを描く漱石の目は厳しい。

浮かび出した藻は水面で白い花をもつ。根のない事には気が付かぬ。

世界は色の世界である。（四）

以後、理論的な文言が続くが、「世界は色の世界である」が文頭に三回続くことにはハッとさせられる。

四の文頭「甲野さんの日記の一節に云ふ」につづき、

「色を見るものは形を見ず、形を見るものは質を見ず」

小野さんは色を見て世を暮らす男である。甲野さんの日記の一節に又云ふ。

「生死因縁無了期、色相世界現狂痴」（四）

とある。『全集』の註によれば漱石が明治三十三年に作った漢詩「無題」の一節だが、色相とあるからには仏典の影響であることは明らかである。物語のセオリーはここに始まるのではないだろうか。

2

京都の女性として漱石は小夜子を描く。

真葛が原に女郎花が咲いた。すら〳〵と薄を抜けて、悔ある高き身に、秋風を品よく避けて通す心細さを、秋は時雨て冬になる。（九）

東京の新しい女性とは異なり、母なく父ひとり子ひとり京の住居で密やかな恋心を持つ小夜子を漱石は「おみなえし」にたとえている。また、京を離れて新橋に着いた小夜子に、次のように筆を進めていることにも注目したい。

小野さんの世界にも劈痕《ひび》が入る。作者は小夜子を気の毒に思ふ如くに、小野さんをも気の毒に思ふ。（九）

京都に縁の深いこの男女は、作者の思いをかけた人物であったはずである。
色相の世界は縁によって生成する現象世界であることを、華麗な描写で書きながら、「悲劇は喜劇よりも偉大である」という漱石の思想が、ヒロインの藤尾を死に至らしめる。同時に、道義において筋を通す場面。宗近君が小野さんへ「真面目になれ」と忠告する一連の流れも、見所の一つかもしれない。小野は悔い改め、小夜子を「私の未来の妻に違いありません」と藤尾に向かって告げる。気弱な性格ではあっても自己変革の勇気をもった小野さん。漱石は色相は実相でないことを説きつつ、新聞小説としてのニュース性と面白さを書き上げたのだった。

甲野さんは日記を書き込んだ。（中略）凡てが喜劇である。最後に一つの問題が残る。——生か死か。是が悲劇である。（十九）

悲劇の偉大なるを悟る、というのが作者の主旨であるならば、それは色即是空空即是色の世界であるはずである。漱石は「虞美人草」という初期の作品に、荒削りながらバックボーンとなる色、空の思想を描いていると考える。

ロンドンの漱石本

このハガキは稲田三双から南薫造へ宛てたものである。

小野さんハ過去の女と
上野の博覧會に行く
紫の香強き現在には
まれなる我の女は「クレオ
パトラ」の怒を発して…
四二・二・一四　未廼家小三

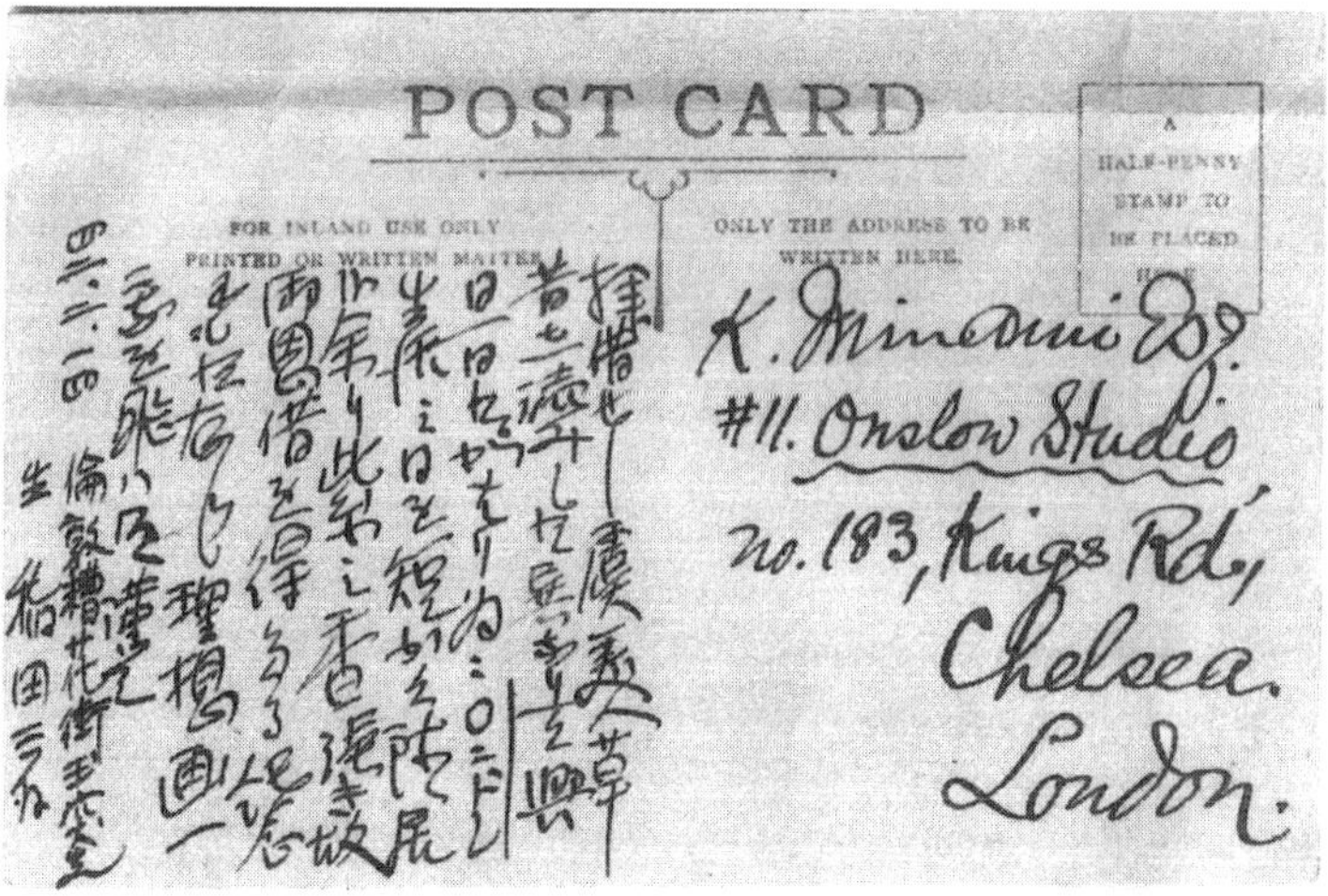

おもて面には

拝借せし虞美人草
昔も一読みした儘なりて興
日一日とかはり為にロンドン
生活の日を短かく致居
候余り紫の香強き故
御恩借を得たる紀念
にもと存じ理想画一
葉を飛ハす　謹言
四二．二．一四　倫敦糟花街玉突先
生　稲田三双

とある。

ロンドンへ留学中の日本人の俊英たちは漱石に対して先人としての敬愛の念を持ち、小説を回し読み、愛読したという。このハガキの宛先である南薫造は、明治四十年から四十三年までロンドンに滞在した洋画家であり、東京美術学校（現東京芸術大学）教授である。明治四十一年出版されたばかりの「虞美人草」を入手、親友に勧め貸したようであった。

糠花街はロンドンの下町のあった通りの名カスカートの当て字という。日付は表裏同じ明治四十二年二月十四日（一九〇九年）、差出人の稲田三双、実名が稲田三之助で三双は仲間内での親しみのある筆名。面白いのは絵に添えた文に落語家の柳家三之助の「小三」の名を借りて書いている事だ。明治四十二年は三代小さんの活躍した頃であった。漱石は落語の小さんの名を挙げて次のように言う。

今から少し前に生まれても小さんは聞けない。少し後れても同様だ。

録音録画では得られない、同じ時代に生き合わせた漱石の感慨だろう。小三の本名は豊島銀之助。一橋家・家臣の家に生まれる。漢学や洋学を学ぶが勘当され、厳しい生い立ちであった。その逆境の経歴も、「元は旗本だ」と自分の出自をかたっている漱石には、小さんとどこか相似た想いがあったのではなかろうか。

親友・稲田三之助が先の署名に落語家小さんの名を借用したのも漱石つながりでほほえましい。漱石は落語家の小さんの大ファンであった。「彼と時を同じうして生きている我々は大変な幸せである」「小さんは天才である。あんな芸術家は滅多に出るものぢやない」と「三四郎」（三の四）で書いている。小さんの人柄も漱石と相通じるものがある。六代目三遊亭圓生は三代小さんから「噺家でも、芸をちゃんとやろうという者は、正しい心を持たなければいけない。正直にして正しい心をもってやるんだよ」と諭されたと自叙伝「寄席育ち」（青蛙房、一九七六年）に書いている。

漱石の描いた味わいのあるはがき絵は広く知られているが、この稲田三之助の「虞美人草」の絵も、絵に添えた文章も、端的に漱石の意図したこの作品の輝きをとらえている。「虞美人草」は、男女間の愛と欲を描きながら正しい方向へと人々をいざなう物語なのであった。

面白いのは稲田は画家ではなく、逓信省の技官であり、海底電線の敷設に多大の貢献をした人物であった。現代のＩＴの広範な世界も元はこうした近代化に尽力した技術者のお蔭であろう。後に早稲田大学理工学教授となり我が国最初の電気通信科を創設したと伝えられる。

明治四十一年発行の初の新聞小説「虞美人草」を、作者夏目金之助の留学先だったロンドンで、後輩の若者達が漱石に関心と敬愛を持ち、この小説を実にシンプルに、真っすぐな受け取り方がなされているところが嬉しい。小野さんと小夜子がむつまじく寄り添う後ろ姿、それを見送る藤尾の庇髪《ひさし》も柳腰のきもの姿もはかなげに見える。クレオパトラの怒には遠く……。

ところで、漱石が作品にこめたのは「道義」であった。「虞美人草」は当時の朝日新聞の読者からは喝采を受けたものの、多くの評論家からは不評で失敗作の烙印を押され、それは今もって消えてはいない。翰林書房の専門誌『漱石研究』第十六号特集『虞美人草』（二〇〇三・一〇）は、平岡敏夫先生ほか諸先達の方々の「虞美人草再評価」が展開され多くを学ばせて頂いた。けれども未だ「漱石の失敗作」という見方は払拭されないでいる。確かにデビュー作の気負いが出て文章も装飾過多で問題点はあるものの、テレビのなかった時代に東京、京都とめまぐるしく二都物語を描き、文明の明と暗を底流に書ききった力量は斬新だ。

私は、吉本隆明『夏目漱石を読む』の中の「虞美人草」に対する強力な評価を忘れてはならないと思う。吉本氏が言う「文学の初原性」という言葉はどういったことなのだろうか。「虞美人草」のクライマックスで「文学とはもともとこういうものだったんだという感じをフッと出させる」ものがあると。たとえば、誤った道に分け入ろうとした時、本来のあるべき方向を指し示してくれる、そうした救いの力を「文学の初原性」というのではなかっただろうか。他の作者にはなく、漱石の作品でこの「虞美人草」にだけあるものだという。

この作品を生涯漱石が嫌っていたというのは事実であろう。評論家は作品にのみその原因を探るようだけれども、それは違うと私は思う。漱石は「藤尾という女にそんな同情をもつてはいけない。あれは嫌な女だ。詩的であるが大人しくない。徳義心が欠乏した女である。あいつをしまいに殺すのが一篇の主意である。（後略）」と門下生への通信文に書いている。というものの藤尾を死に至らしめた結末を作家として漱石は悔いたのではなかったか。「小説は「拵えもの」であってはならない、作品の中で自然に至るものが良い」と後に考えていた漱石にして、藤尾を強引に「殺した」ことが何にもまして現実の漱石自身を苦しめる結果となった。

『虞美人草』出版の二年後、突如として不幸は訪れた。明治四十三（一九一〇）年十一月三日、若き日の悲恋の相手・大塚楠緒が三十六歳で病死。続いて、明治四十四（一九一一）年十一月二十九日、漱石五女雛子が原因不明の急死、一歳八か月だった。雛子の死に茫然自失となった漱石が今にも伝えられる。この作品を生涯嫌ったという原因はここにあるのだと私は信じるのである。

片付かない京都

1

大正四（一九一五）年四十八歳
大正四年一月「硝子戸の中」を連載。三、四月、京都に遊び、五度目の胃潰瘍で倒れる。六月から九月まで「道草」を連載。

この年譜から見ても漱石は「道草」の構想を京都で考えたのではないかと思われる。
不快な出来事がもろもろ続いた。漱石の持病の悪化で東京から駆けつけた鏡子夫人が、名所見物に出かけ芝居にも行くと知り、「なに…芝居に行く、お前は京都へなにしにきたんだ。病人をおっぽり出して昼間ぶらぶら出あるいて、まだ芝居に行くのか」と激怒した。祇園「大友」の女将・磯田多佳と北野天神の梅見に行く約束を楽しみに待っていたところ、多佳女はひいき客の加賀正太郎と連れだって宇治に出かけていた。さらに、その加賀正太郎から大山崎に建築中の山荘の命名を多佳女を通して依頼されていたのだった。
後日漱石は、山荘の名の候補十四とそれらの出所を記した手紙を加賀に郵送したが、返事がこなかった。気分を害した漱石と加賀の間に入った西川一草亭が加賀からとの名目で印材を贈ろうとしたが、漱石は「金持ちから印など貰いたくない、先方に返してください」と云ってどうしても受け取らなかったという。このことは津田青楓の文章からもうかがえる。

漱石先生はどんな場合でも正義に反するとお考えになったことは、金槌で叩き直して使われた。然し良寛はそんな手の込んだことはせず、曲った物も真直なものもどちらでもかまわず使われた。かつて木屋町の宿で祇園の老妓連が、「明日、北野の天神さんへお伴致しましょう。」と約束しておきながら急にドル箱の旦那と他へ行く約束ができてしまい、先生の方を電話で断ってきた。その時、先生は非常に腹をたてられて、「花柳界の人間というものはこれだから安心して信用することができぬ。」と、東京へ帰られてからも手紙の端々にそのことが書かれてあった。先生は与太をよく飛ばして喜んで居られた人だが、時と場合によっては少し堅苦しい位に、事を処理せんと気のすまん人だった。

（津田青楓「西川一艸亭評傳」其ノ二『瓶史』月報二）

この三年前にも京都の画家に関する「不快」を文筆にのこしている。漱石の心に片付かないものは何であったか、遡って考えてみたい。

2

漱石が趣味で描く絵は日本画だが、その中でも飼い猫を描いた「黒猫」は有名な画だ。その画を「青木ヶ原あたりにゴロゴロしている熔岩の塊」みたいだと批評したのが津田青楓だった。このフランス帰りの青年画家・青楓は、漱石に画の指導もする役割をもっており、その正直な性格は漱石に愛され、本の装丁をまかされ、文学者ではないものの漱石門下となっていた。

青楓宛の漱石の手紙がある。その一節、

私は生涯に一枚でいゝから人が見て難有い心持ちのする絵を描いて見たい（中略）崇高

で難有い気持ちのする奴を書いて死にたいと思ひます。文展に出る日本画のやうなものはかけてもかきたくありません

（大正二年十二月八日）

文展とはいうまでもなく文部省美術展覧会、のちの帝展、現在日展といわれているものだ。明治四十五年七月、漱石は横山大観・笹川臨風に盂蘭盆会で伊予紋に招待され、茶漬けを食べている。大観とは、東京府第一中学校の同窓でもあった。漱石は日記に

大観画をやるといふ。余の書をくれといふ。仕方がないから御礼の詩をかくといふてやる。詩の方先づ出来上る

（明治四十五年七月頃）

と書いている。かねてより大観は漱石に心酔し、自分が絵をかくのは漱石先生の為だとまで語っていた（祇園の老妓金の助の話）。その大観が文展の審査員をつとめていたのだから漱石の文展嫌いもそのままには受け取れないのである。同じ江戸っ子気質の親しみもあったのか、文展出品の大観への批評に漱石は次の一節を残している。

好き嫌いは別として、自分は大観君の画に就て是丈の事が云ひたいのである。舟に乗つて月を観てゐる男が、厭に反くり返つて、我こそ月を観てゐると云はぬ許りの妙な感じを自分に与へた事も序《ついで》だから君に告げて置きたい。

（「文展と芸術」八）

なにか友情すら感じさせる温かみのある叱正ではないか。

3

明治天皇の崩御で同年秋には年号が大正元年になったこの年の十月に、山本松之助（東京朝日）から、文展の批評を求められる。後日、漱石は津田青楓、寺田寅彦と展覧会を見て回り、その感想「文展と芸術」を朝日文芸欄に掲載した。先の短評もその一部だが、「自分が門外漢として文展を観た時の感想を、実際の絵画に就いて、一回か二回書かうと思ふ。云はゞ余興とか景物とかいふ位のものである」（五）と書いている。第一回から第六回まで多くの画家が落選の憂き目を見、青楓もその例外ではなかった。文展の権威主義、アカデミズムの偏向、師弟関係や派閥による身びいきなど落選者の鬱積した批判も念頭にあったのだろう。展覧会場を回った漱石の独特の「景物」がなかなか面白い。
尾竹国観の「しゃも」の前に来た。

先生は新聞に堂々と署名して、文展の絵を頭ごなしに誰彼の容赦なく攻撃する人である。自分は先生の男らしい此態度に感服するものである。だから先生のしゃもに対しても出来得る限りの敬意を表したい考でゐる。（七）

倫理感をもって批評するのがいかにも漱石らしい。

4

ここで、京都画壇の大御所・今尾景年の愛弟子である木島櫻谷《このしまおうこく》について念の入った評言を述べていることに注目したい。みずから「文展と芸術」に、「審査の結果によると、自分の口を極めて罵つた日本画が二等賞を得てゐる」と書いたこともあって、漱石の櫻谷批判が有名になっている。先ず、その批判はどういうものであったか。一から十二ある「文展と芸術」の八の冒頭からこうだ。

木島櫻谷氏は去年沢山の鹿を並べて二等賞を取つた人である。あの鹿は色といひ眼付といひ、今思ひ出しても気持の悪くなる鹿である。今年の「寒月」も不愉快な点に於ては決してあの鹿に劣るまいと思ふ。屛風に月と竹と夫から狐だか何だかの動物が一匹ゐる。其月は寒いでせうと云つてゐる。竹は夜でせうと云つてゐる。所が動物はいへ昼間ですと答へてゐる。兎に角屛風にするよりも写真屋の背景にした方が適当な絵である。

気持の悪くなる鹿とか、不愉快だとか、理由もなく断じるところ頑是ない子供のようではないか。昨年二等賞を受賞した「若葉の山」は六曲屛風一双、角を落とした春鹿の雄がこちらを見ている。群れを護るように毅然とした表情だ。もう一双はしおらしい母鹿と子鹿が和むさまが素直に伝わってくる。「寒月」も、竹林の写実に狐の自己表現を描いたいわば近代の日本画である。

しかし、よく見て欲しい。他の評者では決して云い得ないであろう表現を漱石はしているのだ。月が「寒いでしょう」といい、竹は「夜でしょう」という。ところが狐は「いいえ、

『若葉の山』（木島櫻谷・1911 年）

『寒月』（木島櫻谷・1912 年）

昼間です」と正反対の主張をしているというのである。従来の日本画では呼応するのが殆どであったが、この動物は正反対の主張をしている、と漱石の目には映ったようだ。その点が画家の「技巧」として到底受け入れられぬものとなったのだろう。真の調和はどこにあるかということになるが、では、現代の目ではどのようになるのだろうか。

いま思えば、漱石の酷評は、櫻谷の画の本質を見抜いていたのではなかっただろうか。四条・円山派の伝統をふまえ、写生を大事にしつつも動植物のそれぞれを地道に描いた画家なのであった。

5

時代は移り、この「寒月」についてまことに貴重な批評が世に出た。

伝統ある京都画壇に根付く美意識とは何なのか。その流れをたどる「京都と近代日本画」展（京都市美術館、十一月九日まで）の会場を、日本画家で京都造形芸術大学長の千住博さんと歩いた。

木島櫻谷の「寒月」（一九一二年）六曲一双の屏風で、雪景色の竹林の中をキツネが歩いている。木島は明治から昭和にかけて活動した画家らしい。

「素晴らしい。すべてのモチーフが主役となり、調和している。知らなかったけど、こんなにいい絵があるんですね。生涯に一度でいいから、こんな絵を描きたい」

（『日本経済新聞』二〇〇七年十一月二十二日夕刊）

現在の著名な芸術家が「生涯に一度でいいから、こんな絵を描きたい」と言っている。漱石が聞いたら、いかがだろう。

横山大観が後年「寒月」の受賞について、審査員内で第二等賞内の席次を決める際、大観が安田靫彦の「夢殿」を第一席に推すと、景年が「寒月」を第一席にしないと審査員をやめると抗議し、その場で辞表を書いて提出したため、大観が妥協したとの回顧談が遺されている。先の「文展と芸術」において、漱石はこう述べている。

安田君も徒らな料簡で「夢殿」などといふ六づかしい画題を択んだのではあるまい。けれども既に人間として夫程嘆賞に値しない彼等の仏教的容貌の裏面に、形而上の仏教

的な或物が何処にも陽炎《かげろ》つてゐないとすれば、君の画は失敗ぢやなからうか。（九）

東京画壇と京都画壇との対立はもとより存在し、隠然たる勢力に立ち向かえる者は少なかったようだ。その中で自由に「文展と芸術」を執筆できた漱石にとって、あるがままの批評の経験はなんらかの影響を及ぼしたのではなかったかと、思うのである。

最後に、漢籍と詩文に親しんだ櫻谷が五十歳あまりですべての公職を辞し、竹の生い茂る衣笠の地に隠棲して詠んだ漢詩を挙げておきたい。

村居偶吟七言絶句（読み下し文）
浮名何ぞ願はん　一時の誉れ
拙を養ひて草廬に眠るに如かず
知るや否や　箇中幽趣の足るを
香を焚きて日に古人の書に対す

筆跡も風格があり見事である。漱石の批評に対して一言の弁明をすることなく、六十歳余で逝った求道の人・木島櫻谷画伯であった。

「明暗」のお延と清子

1

夏目漱石は、明治三十八（一九〇五）年一月、「ホトトギス」に「吾輩は猫である」を発表して以来、大正五（一九一六）年十二月九日に生涯を閉じるおよそ十一年間に及ぶ文学者としての生涯で、「津田」という名の男と「清（清子）」という名の女を登場させた作品を、二つ書き残している。

一つは、「吾輩は猫である」より四カ月後、小山内薫の主宰する雑誌「七人」に掲載された「琴のそら音」であり、もう一つは、大正五（一九一六）年五月二十六日から同年十二月十四日まで、朝日新聞に連載され、未完のまま漱石最後の小説となった「明暗」である。

これら二組の「津田」と「清（清子）」のうち、「琴のそら音」の津田については、なぜこの名が取られたのか、さらにはモデルが誰かも分からないが、下女の「清」については、漱石夫人である鏡子の戸籍上の名「キヨ」から取られたのかもしれないと想像はつく。

一方、「明暗」の方の「津田」は、「琴のそら音」より二年後の一九〇七年に、小宮豊隆の紹介で漱石門下生の一人に加わり、漱石に絵を教えた画家の津田青楓から取られていることは、比較的容易に想像がつく。また、「津田」が強く結婚したいと思いながら、津田を捨てて別の男（関）に走った「清子」の名が、「琴のそら音」の「清」同様に、妻鏡子の名から取られていることに気付くのである。〝剛毅〟という後の夫人のイメージでなく、「琴のそら音」に描かれた「余」Kの新妻の可憐な姿に新婚時代の鏡子が浮かぶのである。

ところで、「津田」の妻である「お延」の名がどこから取られたのか、具体的なことは分かっていない。しかし、そのモデルが誰か、そして漱石の中で「お延」という作中人物の形象化がいつから始まったのかについては、「お延」が京都出身であり、「技巧」の女とされていることなどから、一九一五年に漱石が京都を訪れた際に知り合い、親交を結んだ祇園のお茶屋の女将多佳との出会いから始まった可能性が高い。

ちなみに、「お延」という新時代の女性キャラクターと、そのモデル磯田多佳との関係性については、以前、自説を拙い文章にまとめ公にしたところ、漱石研究の泰斗である内田道雄氏から、『虞美人草』（京都漱石の會会報）創刊号に寄せられた「『明暗』に於ける京都」のなかで、「達見」であるとして、次のように紹介して頂いた。

夏目漱石の絶筆『明暗』に於ける京都とは、主人公津田夫婦の双方が京都に縁があるという設定に由来する。由雄の父親は隠居後、京都に住まいし、お延は出身が京都。何故の設定か？については、その一部に関して水川隆夫氏（『漱石の京都』平凡社）に、大正四年初春の、漱石京都滞在とその結果生じた古都隠棲の期待の発生を白髭の津田の父に託した、との前説がある。しかしここに更なる新説がある。丹治伊津子氏の「達見」である。まずは、それに接した直後、丹治氏に宛てで記した拙メールの一部を挙げて本文のモチーフを明示することからはじめよう。

「京都でのお多佳さんとの出会いから（京都出身の）「お延」の形象がはじまったとのお説は確かに達見です。京都での病臥見舞いに鏡子夫人がやってきて「戸籍名キヨ」だった夫人にお多佳さんも加わって大山崎山荘に出かけることになりますね。記録はあまりありませんが、この際、漱石の脳裏に二人の女性のコントラストがどう描かれたか興味がそそられるところです。「キヨ」への諦観（～則天去私）がこの際に発生したとすれば、等考え出すと一層「人間的な」漱石が浮かんできます」

（二〇〇八・二・一）

過分のお言葉を頂き恐縮するばかりだが、「お多佳さん」と「キヨ」という漱石が実際に関係を持った「二人の女性のコントラスト」という、内田氏独自の視点は斬新である。

「優悠《おっとり》」、「あるいは緩慢」（百八十三）という印象で、津田由雄の胸に浮かぶ「清子」は戸籍名「キヨ」たる「鏡子夫人」の人柄をどれほど反映しているのだろうか。はたまた「清子」を娶った「関」は「明暗」十七で回想され、百十五以降、津田と清子が話題にのせるだけの存在だが、「キヨ」の夫は他ならぬ「夏目金之助」だ。自身の自画像を如何ほどに投影しているのだろうか。

漱石は、四月十五日、多佳の手引きで知り合った京都大山崎の加賀正太郎から山荘に招待され、最後の京を縁ある人々と過ごした。多佳の日記によると「木屋町より山崎まで自動車にて山の登り口よりは先生御夫婦のみ駕にて六七町もある坂道を登られる」「他の者はそばについて歩きながら駕の中の先生と語り」、その後「あたりは桜盛りにて若草にまじるすみれたんぽゝれんげそうなど奥さまと摘みとり子供のようになって遊ぶ」とある。

漱石がそこで観察した人物像は、必ずや作品の投影に繋がったはずである。ただ、内田氏のご寄稿「『明暗』に於ける京都」は、今から約七、八年前に書いた拙文に対して頂いたものであり、当時筆者は多佳からお延の形象がはじまったと考えていた。しかし、その後京都という地縁で津田青楓とその妻敏子の存在の重要性が筆者の中で浮かび上がり、「お延」の中には、青楓の妻敏子の存在が、ある意味では多佳以上に色濃く反映されているのではないかと考えるようになった。

たしかにお延という女性の裕福で、粋な雰囲気、勝ち気な性格と男性の気をそらせぬ才知と巧みな会話は多佳の持つ魅力に通じる。また漱石の言う、お延の「技巧」という負の部分は、祇園のお茶屋女将である多佳のしたたかな性格と生き様の投影かもしれない。反面育児に忙殺され物質的に貧しい津田家の嫁敏子と、子供はなく、経済的にも恵まれていた「お延」とは、醸し出す雰囲気とイメージはかなり異なる感じがする。しかし、勝ち気な性格や、前向きに生きようとする二人のライフ・スタイルやこころの働き方などは、共通するものがある。実際に、漱石は敏子から聞かされた話を、「お延」と津田の妹お秀との会話として「明暗」百三十に取り入れてもいる。

また、大正五年三月、漱石は、「断片71B」に、「○ポセッツシヨン（著者注　所有権）」とし、「女が自分で自分を所有してゐないと思ふからです」と記す。ジェーン・オースティンに傾倒した小説家の目で、多佳を見、敏子を見、妻の鏡子をあらためて見つめた漱石が居た。小宮豊隆の「『明暗』の材料」（『漱石 寅彦 三重吉』）によれば、先の「断片」の記述は、漱石と敏子の会話に基づいているという。

拙著『夏目漱石の京都』（翰林書房・二〇一〇年）に詳しく記したように、美男子であったと言われている津田青楓の風貌と同じく、『明暗』の津田の風貌も美男子であるとされ、敏子が青楓より七歳年下であったように、「お延」もまた津田より七歳年下の妻として描かれている。

津田青楓は生粋の京都人だが、敏子は広島県竹原出身で、上京して女子美術学校で日本画を学び、卒業したものの、そのあと、京都の谷口香嶠の画塾に入り、そこで青楓と出会い恋愛関係に陥り結婚し、京都の伏見で生活するなど、京都と縁の深い女性であることも、京都出身の「お延」との共通性を感じさせる。

さらにまた、青楓が、敏子と結婚する前から別の女性を愛し、結婚後も愛し続けていたように、「津田」もまた「お延」と結婚する前から「清子」を愛し、「お延」と結婚した後も「清子」のことが忘れられず、「吉川夫人」にそそのかされて、彼女が病気療養のため滞在している温泉宿を訪ねていく。このように「明暗」における「津田」と「お延」のカップルと、漱石の門弟であった津田青楓と敏子のカップルを並立させる形で見ていくと、「明暗」の夫婦が、青楓と敏子夫妻をモデルにして、形象化されていることが納得されるのである。

2

津田青楓の最初の妻敏子は、貧しい暮らしの中で婦人の友社でアルバイトをしながら夫を援け育児に励む、大正という新しい時代を前向きに生きようとする女性であった。漱石門下の一員に加えられた夫の青楓を通じて漱石の話を聞き、漱石を心の師として慕う、「知」と「情」を併せ持つ女性でもあった。彼女の勝気な性格は漱石から「じゃじゃ馬」と冗談を云われたりした。しかし、夫の青楓は口では敏子にかなわないので、口論になるとすぐに手を挙げたという。

大正三年は漱石の死去二年前で、当時は東京在住の敏子とも漱石は親しく交流していた。翌年大正四年春、漱石は京都へ旅に出ている。当時青楓は三十六歳、敏子は二十九歳。制作の目的で伏見大亀谷の付近に家を借り、一家をあげてそこに移っていた。「漱石先生又京都にこらるる。伏見より屢木屋町なる先生の宿を訪ひ又そこへ泊まること度々なり」と彼

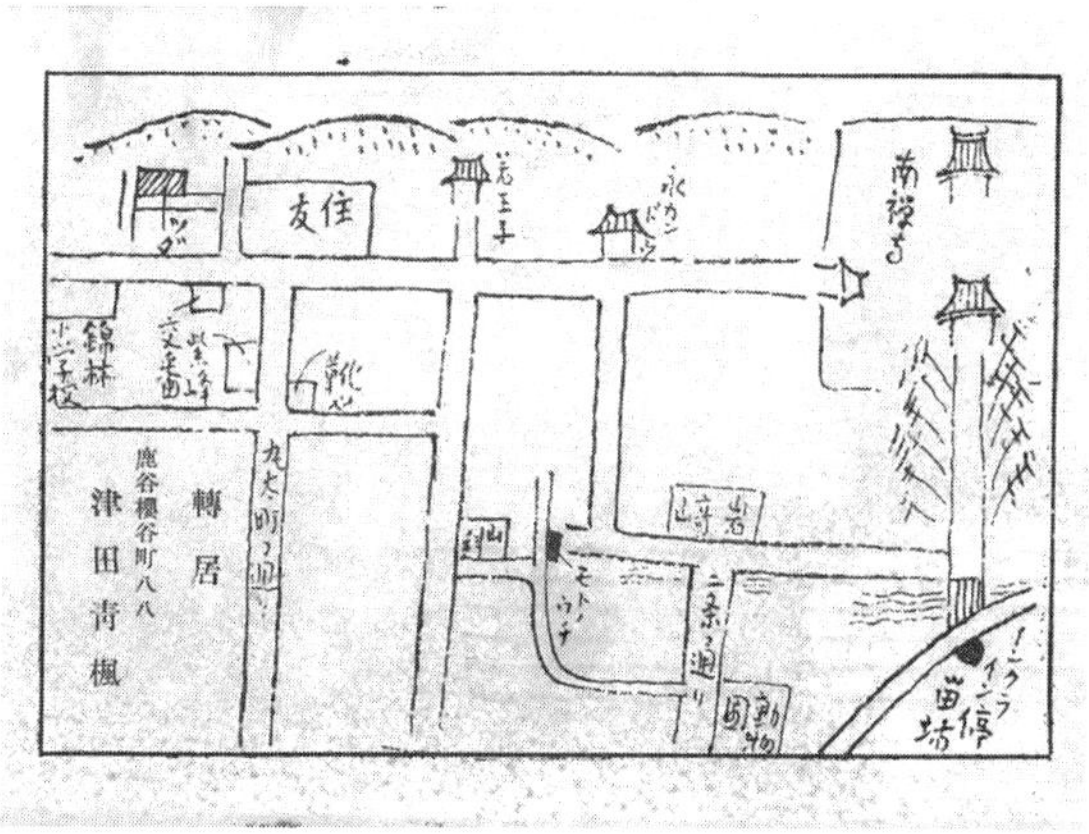

青楓の転居案内

は自撰年譜に記す。そして、「四月大亀谷の家に先生を迎へ一泊を請ふ。翌日宇治へ同行す」と記し、漱石が青楓・敏子夫妻の家を訪れたことが分かる。この時、敏子は桃山の寓居に夫と共に漱石を迎えもてなし、漱石を喜ばせた。

この時の漱石の日記が、漱石の死によって中断されたままで終わった「明暗」の、その後のストーリーの展開とそこに託されるはずであった漱石の思想が何であったかという問題を考えるうえで、極めて重要、かつ示唆的なのは、「自分の今の考、無我になるべく覚悟を話す」と書かれていることである。ここでの漱石の「無我になるべく覚悟」というものが、漱石が求めた自分自身が本当に安心立命できる「こころ」の境地を指し、それを「則天去私」と呼ぶことが許されるとしたら、それは、京都桃山の、津田青楓・敏子夫婦の寓居で思想となったというべきであろう。

現実の津田青楓は小説の主人公と同じく多情の男であった。青楓は他の女性と暮らし、敏子は青楓の不実に懊悩しながらも志を持ち、国費でフランスに渡り、服飾デザインを学んだ。帰国後青楓と協議離婚。その後、日本で最初の服飾学校を創立するなど、日本における服飾デザインとその教育分野でパイオニアとして活躍、自立した道を歩む。

そんな彼女が、離婚後の青楓にしみじみとした手紙を書き送っている。そのなかの一節に、「結局はお互いに自然の生活でなければなりません。ここで無理のない水入らずの二家が営まれる事になります」と書かれている。「自然の生活」、「無理のない水入らずの二家営まれる」という敏子の願望こそは、漱石の「則天去私」の思想につながるものではないか。

日本服飾界で先駆者的教育者として生き抜いた山脇敏子。生前の漱石の教えを心身に刻んだ敏子の面目は、お延の、

本当よ。何だか知らないけれども、あたし近頃始終さう思つてるの、何時か一度此お

　肚の中に有つてる勇気を、外へ出さなくつちやならない日が来るに違ないつて
（百五十四）

という言葉の中にも、また、

　彼女は暗闇を通り抜けて、急に明海《あかるみ》へ出た人の様に眼を覚ました。
（四十五）

という記述の中にも生きている。

3

「お延」という名は、「己惚《おのぼれ》」という言葉から取られているという。確かに、漱石は、新時代の自己主張をする女性の目線でお延という女性を捉えている。
　翻って、「清子」はどのような女性として描かれているのか。清子と交際中であるにもかかわらず、他の女性に目移りして延子と交際する身勝手で、軽佻浮薄な知識人の津田の本質を、見破った女性として描かれているのが清子だと言っていいだろう。清子は、津田か

ら燕の如く去った、清純な女性として魅力的に描かれている。彼女が津田を見限り、関という津田の友人にあっさり乗り換えたのも、自分の人生を託すにはあまりに不確実な要素が有り過ぎると見てとった怜悧な判断によるものと思われる。津田は自分の持病の手術代さえ、「お延」の叔父に無心させるような頼りない「遊民」であった。

また、関という人物は、漱石の分身として描かれている。清子の実家の窮状を見るや多額の金子を借りて差し出すほど、実のある男である。鏡子夫人の父が要職を失い、挙句の果てに相場に失敗し無一文になった時、漱石がとった無私で男気溢れる行動を思えば、清子が津田を見捨て、関の求婚を受け容れた理由が理解できるのである。

「貴方はさういふ事（待伏せ）をなさる方なのよ」（百八十六）という清子のありのままの率直な言葉で、津田は我にかえった。この後、漱石は清子と関とのそれぞれの目線でこの小説を書き上げるつもりであったのではないだろうか。なぜならば、前作『道草』で妻の弱点をさらけ出したことで、漱石は妻の鏡子に対して一抹の痛みを感じており、今回は妻の長所、すなわち小さなことに拘らない大らかな性格や、修善寺の大患の際に、彼女が惜しみなく、母性愛に似た手厚い看護の手を差し伸べてくれたこと、未だ成長期にある六人の子供たちの養育への献身に対する感謝の思いが、死期を自覚した漱石の中にあり、それが

「明暗」のその後のストーリーと「則天去私」という思想の展開を促していったに違いないからである。このような思いをもつのはひとり、筆者のみであろうか。

悪妻あっぱれ

——夏目鏡子と新島八重

1

漱石夫人と新島襄夫人の間には共通点が少なからずみられる。比較ではなく二人の長所短所が一体となっているところをどこまで辿っていけるか、愚考したい。

夏目漱石の結婚は明治二十九（一八九六）年夏、漱石二十九歳、鏡子十九歳。そして、漱石が胃潰瘍で急逝したのが大正五（一九一六）年十二月。漱石四十九歳、鏡子三十九歳。およそ十九年間の夫婦生活であった。鏡子昭和三十八（一九六三）年没、八十五歳。

一方、新島襄は明治九（一八七六）年結婚。襄三十三歳、八重三十一歳。そして襄が心臓病に腹膜炎で急死したのは明治二十三（一八九〇）年一月、襄四十七歳。八重四十五歳、僅か十四年間の結婚生活であった。八重は昭和七（一九三二）年没、八十八歳。

夏目夫人と新島夫人は、若くして未亡人・刀自と呼ばれ、夫を見送ったのちの人生を明治・大正・昭和と力強く生き抜いた。

2

漱石が見合い話を受け、自ら中根重一貴族院書記官長の官舎へ赴き、長女鏡子と対面し、結婚を決めたのであった。見合いの相手のどこが気に入ったのかと兄弟に聞かれ、鏡子の歯並びが悪いのに隠そうとしない処が気に入ったと言い、だから金ちゃんは変わり者だよとみなにひやかされたという。

赴任先の五高熊本で東京からの嫁を迎えた金之助（漱石）は、「衣更へて京より嫁を貰ひけり」と詠んでいる。

素封家中根家の長女鏡子は小学校を卒業後は家庭教師によって教育を受けたお嬢さん妻で、夫に常に堂々と対等の口を利く、自立の精神を備えた女性であった。家庭的であり、経済的にも苦しい環境のなかで、文豪といわれるほどになった夫と門下生の面倒をよく見、七人の子どもを産み六人を育て上げた。

けれども漱石死後、これまでの忍従の暮らしから物心両面解放された思いがあったのだろうか、印税収入が増すと共に金遣いが荒くなり、持ち前のふとっぱらに気前のいい行動が目立つようになった。加えて後年『漱石の思ひ出』という回顧談の著書の中で、漱石には一時、DV、精神病のような兆候があったと公表したことから弟子たちや多くの読者の反発を買い、ますます「悪妻」のレッテルが広まったようだ。当時の社会の前近代的な偏見もあったはずである。

大正七年七月に、詩人でコラムニストの薄田泣菫が、毎日新聞の人気連載コラム「茶話」に、次のような記事を載せている。漱石死後二年になろうとする夏の夜であった。

中村是公《ぜこう》泣く　7・4（夕）

先日《こなひだ》の事、東京新橋の料亭花月でKといふ実業家が、客を待合はせる暫くの間《ま》を、意気な小座敷でひとりちびちびとやつてゐると、隣の一室《ま》である男が芸者を相手のしんみりした話が襖越しに聞えて来た。

実業家は当世人だけに、他人《ひと》の話を立聴きするのが何よりの好物であつた。談話が儲け話か女の噂である場合には、とりわけ身体中《からだぢゆう》を兎の耳のやうにして偸《ぬす》み聴《ぎき》をした。隣の室《ま》ではかなり酒に酔つたらしい男が、時々腹でも立てたやうに調子を高めるのが聞えた。

てゐた。

「妓《おんな》でも口説《くど》いてるのだらう、困つた奴《やつこ》さんだ。」

実業家は低声《こごゑ》で呟きながら、酒の冷《さ》めるのをも忘れて襖にぴつたりと耳をおし当てゐた。

するとと、芸者の一人がしんみりとした声でいふのが聞えた。

「さう承はつてみると、亡くなつた先生お一人がおいとしいわね。」

「真実《まつたく》だわねえ。」

今一人の妓が調子を合はせるのが聞えて、二人はそつと深い溜息を吐《つ》いたやうにさへ思はれた。

「何だ、妓は二人なんか。それぢや一向詰らん。」

実業家は蝸牛《かたつむり》のやうに襖に吸ひついてゐた耳を引き外しながら、下らなささうに呟《ぼや》いた。

すると、突如《だしぬけ》に男のおいおい泣き出すのが聞えて来た。雌に逃げられた狗《いぬ》の泣くやうな声である。実業家は手にとつた盃《さかづき》を下において、慌ててまた襖にすり寄つた。

「亡くなつたあの男に済まんよ。」と隣りの男はべそを掻きながら言つた。「俺といふ者が附いてゐて、そんな真似をさせたんぢや、全く……」

男は後《あと》を言ひさしたまゝ、おい〳〵声を立てて泣き入つてゐるが、声柄《こゑがら》にどこか聞覚えがあるやうに思つて、そつと襖を細目に押しあけて覗いてみた。そして飛上がるばかりに吃驚《びつくり》した。泣いてゐたのは、外でもない、鉄道院総裁の中村是公氏であつた。実業家は冷めた盃を啣《ふく》みながら、是公氏が何を泣いてゐるのだらうと色々想像してみた。後藤〔新平〕男が新聞記者に苛《いぢ》められたからといつて泣く程の是公氏でもないと思つた。汽車が頻りに人を轢殺《ひきころ》すからといつて泣く程の是公氏でもないと思つた。実際そんな事で泣いてゐては、幾ら涙があつても足りる訳はなかつた。実業家は廊下を通る芸者を呼びとめて理由《わけ》を訊いてみた。芸者は笑ひ〳〵言つた。

「夏目漱石さんの未亡人《おくさま》がね、先生の書物から印税がどつさりお入りになるんで、近頃大層贅沢におなり遊ばしたとやらで、それをあんなに言つて悔《くや》しがつてらつしやるんですわ。」

実業家は漱石氏と是公氏とが仲のよかつた事を想ひ出して、感心だなと思つた。そしてその次の瞬間には、自分の女房《かない》が人並外れた贅沢家《や》なのを想ひ出した。

「俺も是公と友達になつてやらう。」と実業家は腹のなかで一人で定《き》めた。「もしか明日《あす》にでも亡くなつたら、屹度あんな風に俺の為めに泣いてくれるだらうからな。」

（薄田泣菫『完本 茶話 中』冨山房百科文庫）

中村是公は貴族院議員、東京市長も歴任した漱石の親友であるが、かつて僅か二畳の学生下宿で漱石と共同生活を送った戦友というべき特別の存在であった。是公が泣くほどの鏡子の豪快な浪費ぶりは、世上の噂に上っていた「悪妻」の看板を思わせる。

ここで、当時の鏡子の金遣いについて、漱石の孫である陽子マックレインさんは次のように記す。

祖母は夫の印税が入り始めてから多大の収入を得、漱石の死後二年して、漱石山房のあった借家を買い取った。…旧家屋を壊し、その三百坪ほどの土地に新しい家を建てた。…常時七、八人の女中さんがいたから部屋も大きかった。

祖母はお正月過ぎて湯河原の天野屋旅館で二ヵ月ほど避寒し、春は京都の都ホテルに泊まって都踊り（原文では祇園祭と誤記）を楽しみ、夏は中禅寺湖ホテルで避暑、というような豪勢な生活を送っていた。…莫大な収入があったにもかかわらず、祖母はすぐに使い果たしてしまい、税金を支払う頃は、お金がなくなってしまった。…出版社から前借りして、税金を支払ったという。

（松岡陽子マックレイン『漱石夫妻　愛のかたち』朝日新聞社　二〇〇七）

ところが戦争後の一九四六年には、漱石死後三十年たち漱石の版権も切れ、収入もなくなった鏡子はかなり切り詰めた生活を送るようになった。けれども、一族を思う慈愛あるゴッドマザーであったのは変わりなかった。病身の漱石を守り、珠玉の作品を生ませたのはこの妻あればこそであった。

3

同志社社史資料センターの故河野仁昭氏は、京都漱石の會で講演をいただいた事もある尊敬する方である。武間冨貴さんへのインタビュー記事は、今では八重資料として貴重なものとなっている。その一端を引いてみたい。武間冨貴さんは大沢商会創立者の孫娘で同志社に貢献された方と聞く。

武間　おばさま（八重のこと）は明治四十年ころ、寺町の新島家の土地と家屋とを同志社に全部寄附をなさいましたので、同志社は感謝してそれを頂き、おばさまには金六百円也を年々差し上げる事にせられました。ところが、おばさまはそれを頂かれるとすぐにお茶道具を買ってしまわれたので、お小遣には相変らず不自由しておられたらしく、父によくねだりに来ておられましたので、父が、「うちの娘達にお茶のお稽古をして下さい」とお願いして、金五円也の月謝をさし上げていた由です。姉はその時、もう女学校へ行っていましたから一生懸命お稽古をしていましたが、私はまだ小学生でしたから慾も興味もなかったので、お菓子ばかり頂いてちっとも気を入れてお稽古しないので、よく叱られました。

——そのような事からお茶の教授を始められたんですね！

武間　土曜日が来ると、おばさまはいそいそとお茶の用意をなさって、いろいろの方面のお友達に是非とのご案内で、次々といろんな方が来られました。こうなるといつも同じお道具ばかりは使えませんでしたので、次次と筋の通ったお道具が使いたくなられたのも、無理ありませんね。

——どんな方々が来られたのですか。

武間　京都にお住いの九鬼家の関係の方々や、千家さんでお知り合の町の方々等々。建仁寺の住職さんも来て居られ、いろんなお話をしておられました。建仁寺でお茶会などのある時は、よく私も連れていって頂き楽しませて頂きました。ところがある時、住職さんが、おばさまに、袈裟を差し上げられたので、「新島夫人が仏教徒になられた」と世間の人達の噂になりました。

——八重夫人はどなたにお茶を習われたんですか？

武間　裏千家円能斎宗匠の直弟子と聞いています。

——新島邸の座敷を茶室に改装されたのは武間さんが習いに行っておられた頃ですか

武間　いつなさったかは、はっきり存じませんが、私がお稽古に行きかけたのが明治四十年頃でしたが、その時にはすでに、新島先生のご書斎の南側の小さいお部屋を改造してお席として使っていらっしゃいましたから、お茶席に入るには必ず、先生のご書斎を通りぬけなくてはならなかったのです。

（「武間富貴同窓会名誉会長に聞く　新島八重のことなど」聞き手　河野仁昭
『同志社談叢』第六号　一九八六年十一月）

以上から、八重が茶道家として立つに至った経緯が読み取れるのである。祖先山本道珍が会津藩茶道頭であった血筋もあろう。新島襄の愛弟子であった徳富蘇峰はかつて舌鋒するどく夫人を批判したが、その後未亡人となった八重に安定した暮らし向きが出来る様に計らい、晩年まで経済的に支援したとも伝えられる。

当時の年額六百円は今の単純計算で約五百万円弱か、月約四十万円程の生活費になろうか。それらが茶道具に換えられ、さらに借金までしたという記録は夫の存命中であれば到底考えられない。茶道師範の道は物心ともに半端でなく、教室を開く為には多くの教材を揃えなければならず、目が利くようになるに従って道具も本物が欲しくなる。八重が円能斎に寄贈した三十四幅の軸物は利休から今日庵歴代の直筆の掛け軸であった。今ならどれほどの福沢諭吉が集まるのか想像もつかない。

八重は水指だけでも百個は所蔵していたというから、建仁寺で茶会を開くにあたっては道具を吟味し、お金を遣ったことと思われる。修道的な侘び数寄は名物を持たぬ茶人をいうが、禅茶も「藁屋に名馬」の例えの通り、名器と無縁ではない。八重は明治大正時代最高級の茶人となり、大勢の女性茶人を育てた。

京都日日新聞の黙雷和尚と八重の記事で「花の師匠」と書かれていたが、生け花とお茶と二つながら合わせて教えていたのかも知れない。従軍看護婦の献身を経て、趣のある道具に囲まれた市中の山居で、しばしの慰めのひと時を楽しんだであろう。公共の為の働きが偉大であったことはいうまでもない。

谷崎潤一郎の漱石批判

1

先の暑い盛りの盆月九日に、思い立って吉備路に足を伸ばして文学館へ行った。中国銀行が元はオーナーという吉備路文学館の特別展は、没後百年「岡山の夏目漱石」。見ごたえのあるものだった。

この文学館はなんだか親戚の家に帰ったような雰囲気があった。前館長の遠藤さんや副館長の熊代さんから笑顔で迎えられ解説をお聞きしながら、新しく目にはいったのは漱石批判のコーナーだった。正宗白鳥、近松秋江、なかでも谷崎潤一郎「芸術一家言」の引用のパネルの漱石批判が面白く、こうしたユニークな展示を企画された熊代さんにお礼を申し上げた。

吉備路文学館にて

谷崎潤一郎の「一家言」の漱石評は読んで嫌な気は決してしない。漱石への敬意も含んでおり、作家の芸術論としては学ぶべきものがあると思わされる。ただ、時代ゆえ女性を正当に評価していないきらいはなきにしもあらずである。谷崎が漱石の小説の理屈っぽい女性像を「女書生」と嫌うのはよく解る。

しかし、漱石は英国留学で女性作家ジェーン・オースティンを知り敬意を抱いていた事実もあり、明治に於いて自己主張をする新しい女性を描き、それは百年後の現代を描いていたと言える。

2

ここに谷崎「一家言」の漱石批判の要点をあげたい。

・「明暗」に出て来る人物は、主人公を始めとして総べての男女が悉く議論ばかりして居る。甚だしきは温泉宿の女中や一と云ふ少年までが、論理的な物の云ひ方をする。

・「明暗」の作者は、物語の筋を進めて行くのに滑稽なほど論理的であつて、（中略）実はその論理が却つて筋を不自然にさせ、総べてを造り物にさせてしまつて居る。

・一体お秀と云ふ女は、忠告するのが目的なのか兄貴をやり込めるのが目的なのか分からないほど無闇矢鱈に理屈を云ふ。

・読者は此れを読んで、女書生が揚げ足の取りつこをして居るんだと早合点してはならない。

・読者は第一の伏線に依つて、津田が現在の妻に満足して居ない事と、彼には嘗て恋人があつた事とを暗示される。

・津田はそれとは関係のない入院の手続きだの、金の工面だのにくよくよして、吉川夫人を訪問したり、妻の延子と相談したりしてぐづ〳〵して居る。

・此の婦人（吉川）は立派な社会的地位のある、思慮に富み分別に富んだ相当の年配の女である。それがどんな事情があるにもせよ、既に他人の細君になつてゐる清子の所へ、そつと津田を会はせにやらうとする事は、而も津田の妻たる延子に内證で、いろ〳〵の手段を弄したりしてまで、そんな真似をさせようとする事は、余りにも乱暴な処置ではあるまいか。

・然るに、彼女と同様に思慮に富んでゐるらしい津田が、又ノコノコと彼女の云ふなり次第になつて、お延の前を云ひ繕つて、清子に会ひに行くのである。

・彼はなぜ、吉川夫人など〻云ふイヤに悧巧振つた下らない女を、尊敬したり相手にしたりしてゐるのか。それほど未練があつたとしたら、なぜ始めから自分独りで、お延になり清子になり正直に淡白にぶつからぬか。さうすれば問題はもつと簡単に解決すべきではないか。

・斯くの如きまどろつこしさは、それが彼等の性格から来る必然の経路と云ふよりも、たゞ徒らに事端をこんがらかして話を長く引つ張らうとする作者の都合から、得手勝手に組み合はされたものとしか思はれないのである。

・最も振つてゐるのは小林と云ふ一種不思議な人間である。（中略）此の男は時々ヒヨイと飛び出して来て、上流社会を呪ふやうな議論を盛んに吹ツかけて気焔を挙げたり、津田を困らせたりするのであるが、（中略）あれで見ると小林と云ふ男は恐ろしいおしやべり好きの閑人であるとしか思はれない。

・津田の性格は思ふに漱石氏自身をモデルにしたのではないだらうか。

・小林が津田に向つて投げてゐる嘲弄の言葉は、恐らくは作者自身が小林の口を借りて自己を非難してゐるのであらう。作者が小林と云ふ一箇の傀儡を捻出して来た一つの理由は、それに依つて不鮮明な津田の性格を、纔かに側面からでも補足せんが為であつたのであろう。

・キザだと云はれる「虞美人草」や「草枕」にしても、近頃読み返して見たが、「明暗」よりは遙かにいい。

・「虞美人草」の如きは邪道に落ちたものかも知れぬが、凡庸作家には陥ることの出来ない邪道であつて、キザはキザでも、薄ツぺらな、内容のないキザとは違つて居る。

・一体漱石氏には何となく思はせ振りな貴族趣味があつて、「明暗」中の人物も小林を除く外は大概お上品な、愚にもつかない事に意地を張つたり、知慧を弄したりする。煮え切らない歯切れの悪い人たちばかりである。

・あれは普通の通俗小説と何の択ぶ所もない、一種の惰力を以てズルズルベツタリに書き流された極めてダラシのない低級な作品である。多くの通俗小説の作家が、女子供の興味を目安にして書いてゐるやうに「明暗」の作家は、二十から三十前後の学生や、官吏や、会社員あたりを目安にして、その興味に投ずるやうに書いたに過ぎないのである。女子供はセンチメンタルな甘い筋を好むが、学生や官吏は薄ツぺらな屁理屈を好む。「明暗」に屁理屈が多いのはまことに偶然でないと云へる。

以上、谷崎の真面目な漱石批判と言える。谷崎は別の所ではこうも回想している。

漱石が一高の英語を教へてゐた時分、英法科に籍を置いてゐた私は廊下や校庭で行き逢ふたびにお辞儀をした覚えがあるが、漱石は私の級を受け持つてくれなかつたので、残念ながら謦咳に接する折がなかつた。

（「文壇昔ばなし」『コウロン』昭34・11）

厠の陰翳と羊羹の色

1

ほの暗い三畳台目の我が家の茶室、春のひかりが障子の下地窓からゆらめくように入ってくる。土壁の床に上がって細長い色紙掛けの軸物をかけ、四隅の糸にそっと色紙を差し入れると、雲母の下絵がボーっと浮かび上がる。色紙の書は、墨色のたっぷりと澄んだ五言絶句。草書に近い行書体の見事な筆跡。

馬上青年老　　馬上青年老い
鏡中白髪新　　鏡中白髪新たなり
幸生天子國　　幸いに天子の国に生まれ
願作太平民　　願わくは太平の民と為《な》らん

漱石の「漱石山房」

潤一郎の「湘碧山房」

録　夏目漱石詩　　潤一郎

夏目漱石の詩を録す　潤一郎

最後にある署名の主は谷崎潤一郎。漱石の詩を「録す」と書かれてある。小色紙の背面を見れば、「湘碧山房」の角印が朱肉で押されている。漱石漢詩のなかでは珍しく読みやすい詩ではないだろうか。

床前に座して手をついてこの書に対座。漱石の五言絶句の何が、潤一郎の心の琴線に触れたのかと、書を見た人は思うだろう。漱石は自分の来し方を振り返り、かつては若者であったものの、あるいは老いてしまった今の自分を端的に詠んだ。大きな病を患い修善寺で過ごしたあと、漱石はこの漢詩を作っている。「思ひ出す事など」(明治四十四年二月)に、次のようにある。

四十を越した男、自然に淘汰《とうた》せられんとした男、左したる過去を持たぬ男に、忙《いそが》しい世が、是程の手間と時間と親切を掛てくれようとは夢にも待設けなかつた余は、病《やまひ》に生き還《かへ》ると共に、心に生き還つた。余は病に謝した。又余のために是程の手間と時間と親切とを惜まざる人々に謝した。さうして願はくは善良な人間になりたいと考へた。さうして此幸福な考へをわれに打壊《うち》す者を、永久の敵とすべく心に誓つた。

馬上青年老。鏡中白髪新。幸生天子国。願作太平民。（十九）

病がひとまず癒え、小康を得た漱石は、深い感慨にこの詩をしたためている。このとき、漱石は四十四歳。現代の年齢とは次元が異なる、人生五十年といわれた時代であった。そして五年後の十二月九日に自宅で永眠した。

かつて文学によって「維新の志士のごとく」世の虚偽に立ち向かう志を表明した漱石の、悟達の境涯というべきであろう。

五言絶句の起承転結の転である「天子の国」は日本そのものであり、結語の「太平の民」とならんこととは、平和な民衆の一人であること。四十歳半ばで老いを自覚して「白髪新たなり」と詠むことは現代では考えられないことである。老いを自覚することで精神的に保守的になっていったのも自然の流れかもしれない。

2

ところで、谷崎が色紙に「録　夏目漱石詩」と揮毫したのは、彼の最晩年といえる昭和三十九（一九六四）年七月、湯河原に湘碧山房を新築して移ったその時期だと確定できる。なぜならば、ついの棲家を「湘碧山房」と谷崎自身が命名し、この揮毫の後ろにその印をしかと押して落款としているからである。

谷崎は、昭和四十（一九六五）年七月三十日、腎不全に心不全を併発して逝去。七十九歳であった。亡くなる前年の七十八歳の時、この漱石漢詩を共感をもって書いたというわけだ。漱石がこの詩を作ったのは四十四歳。漱石より約十八歳若い谷崎が、この詩を理解し共感できたのが実作時の漱石の年齢からさらに三十歳も老いてからのことであったと思うと、わたくしは胸に迫るものがある。濃艶なエロスの世界を描いてきた谷崎も、人生の最晩年に至って、晩年の漱石が標榜したような東洋的逸脱、言い換えれば「則天去私」の世界にあこがれたのではなかったか。

「漱石山房」に倣って、「湘碧山房」の印璽を作り、「則天去私」の境地を詠んだと思われる「馬上青年老」の絶句を行書で書し、印璽を押した色紙を、後世に遺そうとしたのではないか……。

いうまでもなく谷崎は漱石を全面的に認めていた作家ではない。漱石最晩年の「明暗」への高い評価に反発し、「芸術一家言」を書いたことは広く知られているところだ（本書「谷崎潤一郎の漱石批判」）。ただ、二人には他にない共通したものが見られるように思う。

漱石とは十八歳年下の谷崎潤一郎は、同じ江戸の生まれ東京育ち。並々ならぬ秀才であり東京大学で頭角をあらわした。谷崎のほうは学費が続かず中退。そのまま小説家に転進した。学費さえあれば漱石をしのぐ学者になれたと心中自負していたかもしれない。当時、芥川龍之介、松岡譲、久米正雄等「新思潮」の同人仲間がこぞって漱石に傾倒してゆく中で、一人谷崎は漱石と距離を置き、「『門』を評す」の批判記事を発表した。当時、武者小路実篤などもさかんに批判を行った「門」だったが、漱石は朝日文芸欄で彼ら若手登用の道を開くよう働きかけていた。谷崎に対しても数度人を介して原稿依頼をしていた。

ところで、漱石は、明治四三（一九一〇）年六月十二日、朝日新聞での「門」に連載を終了した後、胃潰瘍で長与胃腸病院に入院し、七月の末に退院した。八月に入って、療養を兼ねて伊豆の修禅寺温泉に逗留するものの、同月二十四日夜、大量吐血し、人事不省に陥っている。幸いにも一命を取り留め、以後、「彼岸過迄」にはじまり、「行人」「こころ」「道草」と、後期漱石文学の大山脈となる大小説を次々と発表し、旺盛な筆力を示している。

しかし、六年後の大正五（一九一六）年五月から「明暗」の連載をスタートさせるものの、十一月に入り胃潰瘍を再発させ、大内出血が原因で、十二月九日絶命。「明暗」は未刊のまま、連載終了となる。

3

谷崎は漱石が没した三年後、名作「陰翳礼賛」を著す。そのなかで、谷崎は、短いながら漱石の名を三度も出して、日本の美的伝統文化において、「陰翳」が果たす重要な役割について言及しています。

私は、京都や奈良の寺院へ行って、昔風の、うすぐらい、そうしてしかも掃除の行き届いた厠へ案内される毎に、つくぐ〜日本建築の有難みを感じる。茶の間もいゝ、にはいゝけれども、日本の厠は実に精神が安まるように出来ている。それらは必ず母屋《おもや》から離れて、青葉の匂や苔の匂のして来るような植え込みの蔭に設けてあり、廊下を伝わって行くのであるが、そのうすぐらい光線の中にうずくまって、ほんのり明るい障子の反射を受けながら瞑想に耽り、または窓外の庭のけしきを眺める気持は、何とも云えない。漱石先生は毎朝便通に行かれることを一つの楽しみに数えられ、それは寧ろ生理的快感であると云われたそうだが、その快感を味わう上にも、閑寂な壁と、清楚な木目に囲まれて、眼に青空や青葉の色を見ることの出来る日本の厠ほど、恰好な場所はあるまい。そうしてそれには、繰り返して云うが、或る程度の薄暗さと、徹底的に清潔であることと、蚊の呻《うな》りさえ耳につくような静かさとが、必須の条件なのである。

（傍線は筆者、以下同）

ここで谷崎の独壇場である厠の風流が述べられる。

まことに厠は虫の音によく、鳥の声によく、月夜にもまたふさわしく、四季おり〳〵の物のあわれを味わうのに最も適した場所であって、恐らく古来の俳人は此処から無数の題材を得ているであろう。されば日本の建築の中で、一番風流に出来ているのは

厠であるとも云えなくはない。総べてのものを詩化してしまう我等の祖先は、住宅中で何処よりも不潔であるべき場所を、却って、雅致のある場所に変え、花鳥風月と結び付けて、なつかしい連想の中へ包むようにした。これを西洋人が頭から不浄扱いにし、公衆の前で口にすることをさえ忌むのに比べれば、我等の方が遙かに賢明であり、真に風雅の骨髄を得ている。（中略）衛生的でもあれば、手数も省けると云うことになるが、その代り「風雅」や「花鳥風月」とは全く縁が切れてしまう。彼処がそんな風にぱっと明るくて、おまけに四方が真っ白な壁だらけでは、漱石先生のいわゆる生理的快感を、心ゆく限り享楽する気分になりにくい。

では、近代的な清潔な設備はどうか、という疑問には次のように書く。

そしてその時に感じたのは、照明にしろ、暖房にしろ、便器にしろ、文明の利器を取り入れるのに勿論異議はないけれども、それならそれで、なぜもう少しわれ〳〵の習慣や趣味生活を重んじ、それに順応するように改良を加えないのであろうか、と云う一事であった。

そしてまた、あの有名な羊羹の色合いの深さと複雑さについて書かれた文章のなかで、谷崎は「漱石先生」が「草枕」の中で羊羹の色を「讃美」していたことを念頭に思い浮かべながら、次のように記述している。

かつて漱石先生は「草枕」の中で羊羹《ようかん》の色を讃美しておられたことがあったが、そう云えばあの色などはやはり瞑想的ではないか。玉《ぎょく》のように半透明に曇った肌が、奥の方まで日の光りを吸い取って夢みる如きほの明るさを啣んでいる感じ、あの色あいの深さ、複雑さは、西洋の菓子には絶対に見られない。

このようにみてくると、谷崎がいかに漱石を意識し、共感していたかが伝わってくるのである。

輝ける若葉　一条美子《はる》の君

遺された一条美子の君の詠まれた和歌によって、現代の私たちは明治の時間をも辿ることが出来る。

京都の住人にとって、御所は町の中心であり四季折々豊かな自然の恩恵に浴す場所である。けれど、明治の御代にやんごとなき若き夫婦がしめやかに愛を語っていたことを想像する市民は少ない。

かつては崇敬の対象だった方を時代に即してあらたに見つめることもあっていいのではなかろうか。敬愛の心をこめて、明治天皇とその妃である昭憲皇后お二方をとりあげさせていただきたい。

入内まで

五摂家の一つである一条家は、御所の古図面にある通り禁裏の隣地北西の広大な敷地にあった。学問を尊ぶ家風の一条忠香の三女として生まれ、幼名寿栄《すえ》君といった。生母は一条家の医師新畑大膳種成の娘で側室の新畑民子。生母・養母ともに早逝し、寿栄姫は六歳から漢籍の教育を受け複数の家庭講師から和漢の学を身につけた。

父一条忠香は従一位・左大臣で、この時代には開明的な思想家であった。男尊女卑の風習が我が国に満ちている中に、女子にも男子と同等の教育を与え、かつ広く世間を見るようにと自宅に物見櫓《やぐら》を建てた逸話が残されている。若江薫子《におこ》という女性の儒学者も重用した。

早くから才媛のほまれ高い姫ゆえ父の在世中に皇后の内意はあったようだ。お上とのお目見えの時、考えられないことが起きたのである。お言葉が発せられた。

「そなた、将棋は出来るか」

「少しばかりではございますが」

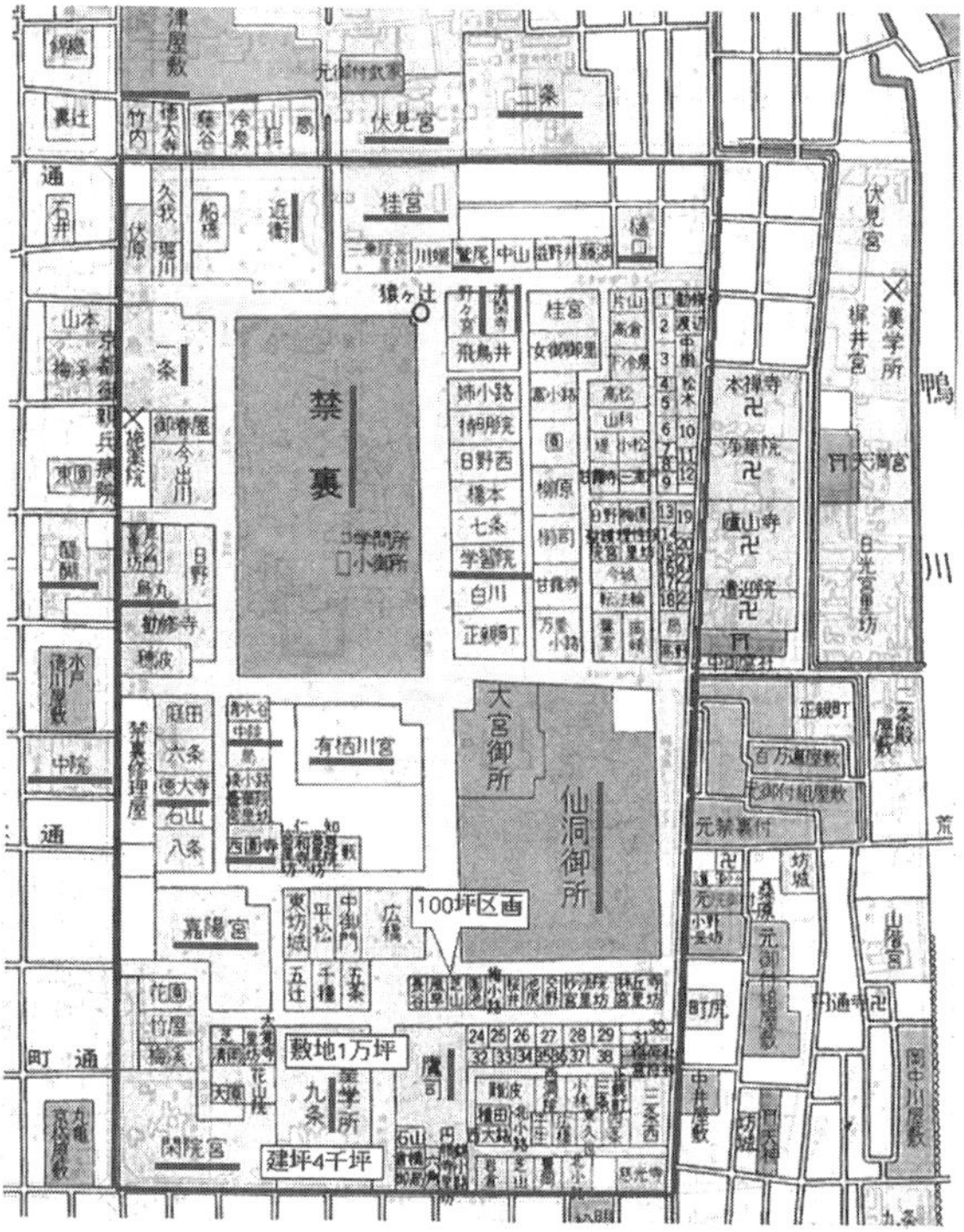

京都御所御苑古図

京都御苑は、江戸時代140以上の宮家や公家の邸宅が建ち並ぶ町だった。

明治になって都が東京に移り、これら邸宅は取り除かれ、公園として整備され市民へ解放された。それは在世中の明治天皇、岩倉具視が荒廃した御所と周辺を憂い、京都府に土地を買い取らせ復興をさせた事からだという。

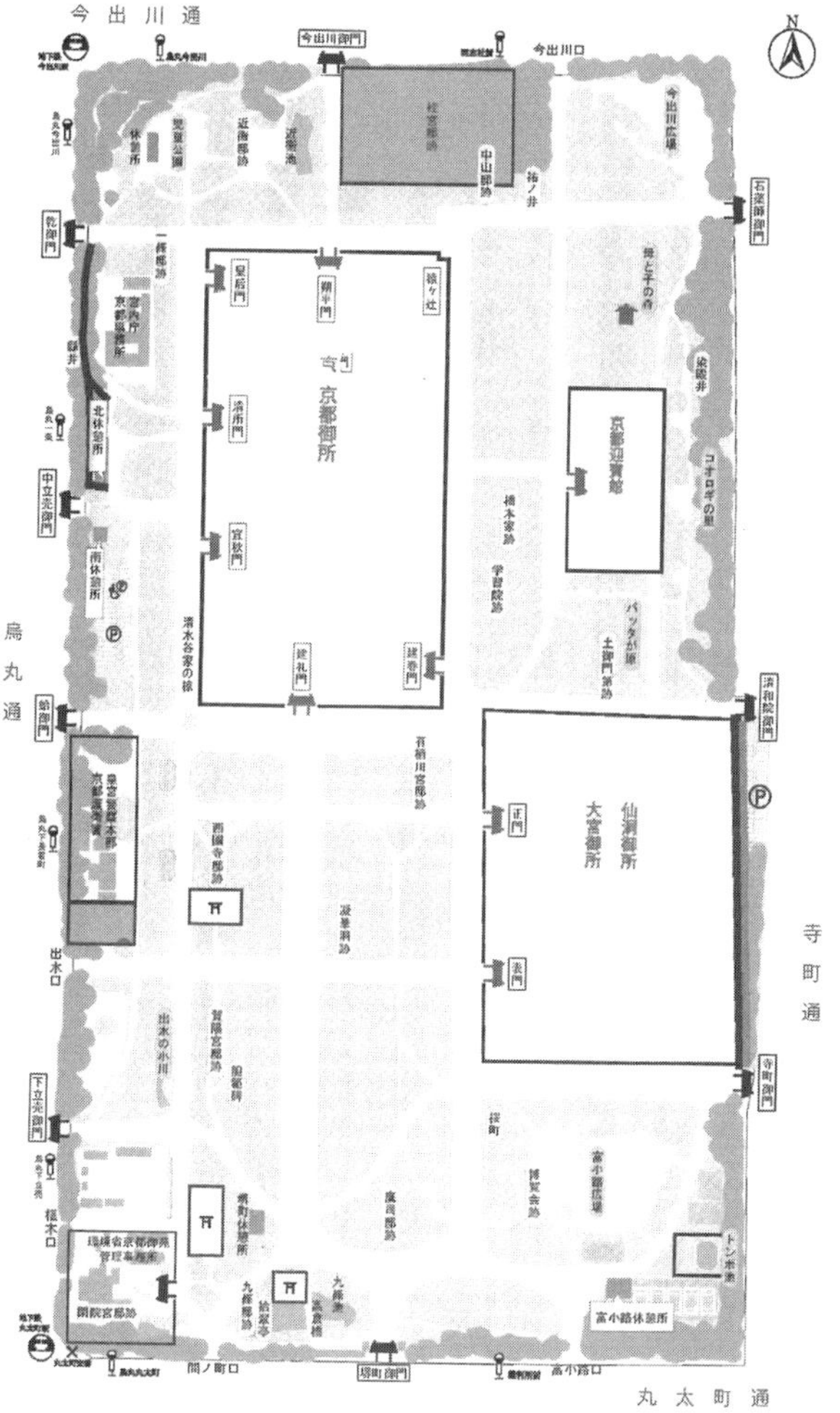
今出川通
今出川御門
今出川口
N
児童公園
休憩所
近衛邸跡
近衛池
桂宮邸跡
中山邸跡
祐ノ井
今出川広場
石薬師御門
乾御門
一條邸跡
宮内庁京都事務所
北休憩所
中立売御門
皇后門
朔平門
猿ヶ辻
京都御所
清所門
宜秋門
建礼門
建春門
清水谷家の椋
母と子の森
染殿井
京都迎賓館
コオロギの里
橋本家跡
学習院跡
バッタが原
土御門第跡
南休憩所
烏丸通
蛤御門
清和院御門
有栖川宮邸跡
皇宮警察本部京都護衛署
西園寺邸跡
正門
仙洞御所
大宮御所
凝華洞跡
表門
寺町通
出水口
出水の小川
賀陽宮邸跡
寺町御門
下立売御門
桜町
富小路広場
博覧会跡
鷹司邸跡
堺町休憩所
椹木口
環境省京都御苑管理事務所
閑院宮邸跡
九條邸跡
拾翠亭
九條池
トンボ池
富小路休憩所
間ノ町口
堺町御門
富小路口
丸太町通

現在の京都御苑図

話だけではなくそこへ将棋盤がもちこまれ、思いもかけない対局となった。結果は如何であっただろうか。記録には残っていないのが残念だ。

寿栄姫は入内の話をお受けになり、明治元年、天皇より美子という名を賜る。お印は若葉、お上のお印が永《えい》というところに若い御二方の「永久の若葉」の意味がこめられていよう。皇后の聡明さをお目見えの場の将棋の席で見通された天皇が、美子の君のユニークな個性を見て取り尊重したことはすばらしい。

明治元年は新婚初年。二年には天皇は東京へ。追って美子君も京都御所を後にするのである。

お二方の写真が残っている。天皇は御衣冠姿、美子皇后は袿袴の衣を着け檜扇を胸にしている。内田九一撮影、明治五年のものである。

日本人としては目立つほど鼻筋が通っている美子の君に、「天狗さん」のあだ名をつけられたエピソードもよく知られている。お茶目な天皇さんであった。

美子の大らかな人間性、天皇の男女同権にも近い皇后への接し方。こうしたお二方の実像を明らかにしたいと思う。

皇后主導へ――宮中の刷新

明治四年八月、天皇は「奥向きの事はすべて皇后宮に」と大事を委ねられた。重鎮たちから悩みの種であった宮中の刷新を求められ、いったんはそれを拒否しつつも考え直して受け容れた皇后の決断。在来の女官を多数罷免。数度にわたる宮中大改新の一環であり、女官たちの修学も行われた。しかし、お内儀の中はいつも穏やかで静かな状態が続いたという。

のちに、別の話として「皇后はやさしいお顔をして理でものごとを考えられる」と天皇が言われたと聞く。明治の内閣総理大臣大隈重信も「皇后はわたしより賢明と思うことが何度かあると明治天皇が言われた」との言葉を残している。

養蚕

明治四年、二十二歳の美子は光明皇后のいにしえの故事を思われ、皇居内で蚕を飼うことを考え実践された。養蚕に詳しい者をとの求めから大蔵大丞の渋沢栄一を招き相談された事が大きな学びにつながった。渋沢はフランス人技術者を雇い富岡製糸場を大急ぎで改修し近代工場に作り替えた偉才である。美子皇后は自らの感動を次の歌に詠み下賜している。

いと車とくもめぐりて大御代の富をたすくる道ひらけつつ
いたつきをつめる桑子のまゆごもり国のにしきも織りやいづらむ

若き皇后の先進性は日本の国運につながっていった。

蚕は自分の生を捧げて繭の中にこもる。小さき命を育て繭を生み出すこと、その恵みは国の繁栄につながる。日本の生糸が世界に誇る絹織物となり、外貨獲得に重要な国産品となった。

明治六年、官営富岡製糸場へ義母の永照皇太后と共に行啓。近代的な製糸の指導者

富岡製糸場行啓図　荒井寛方画

を育成する「学びの場」として富岡製糸場は特別の養成所であった。多くの女工たちも一人ひとり優れた技術者となった。図版は昭和になっての作品だが、富岡製糸場への行啓を描いたものである。皇太后のやや後に皇后。名家の娘ばかりの女工たちも丁寧に描かれている。

女子教育・医療への先駆的貢献

皇后は東京師範学校（現お茶の水女子大学）、華族女学校（現学習院女子中等科・高等科）等の行幸など、女子教育への奨励をめざましく行っている。

みがかずば玉もかがみもなにかせむ学びの道もかくこそありけれ

東京女子師範学校開校への行啓、その折り下賜のお歌である。美子の君は学問好きの姫であり皇后になられてからも漢日洋の講義を受け、日々精進された。華族学校へのこのお歌は校歌となり、国定教科書にも掲載。フランクリン十二徳について元田侍講の講義を聴かれ感動しその十二徳を和歌に詠まれた。随筆「禁庭の野分」と共に多くの和歌が国の教

フランクリン十二徳の御歌

節制　花の春もみぢの秋のさかづきも　ほどほどにこそくままほしけれ
清潔　しろたへの衣のちりは拂へども　うきは心のくもりなりけり
勤労　みがかずば玉の光はいでざらむ人の　こころもかくこそあるらし
沈黙　すぎたるは及ばざりけりかりそめの　言葉もあだにちらさざらなむ
確志　人ごころかからましかば白玉の　またまは火にもやかれざりけり
誠実　とりどりにつくるかざしの花もあれど　にほふこころのうるはしきかな
温和　みだるべきをりをばおきて花櫻　まづゐむほどをならひてしがな
謙虚　高山のかげをうつしてゆく　水の低きにつくを心ともがな
順序　おくふかき道もきはめむものごとの　本末をだにたがへざりせば
節倹　呉竹のほどよきふしをたがへずば　末葉の露もみだれざらまし
寧静　いかさまに身はくだくとも　むらぎもの心はゆたにあるべかりけり
公義　國民をすくはむ道も近きより　おし及ぼさむ遠きさかひに

和装で臨んだ華族女学校開校式

科書に載ることになった。「金剛石もみがかずば」で始まる御歌「金剛石」は唱歌やレコードになり、天皇はそれを聴きながらきこしめすのを楽しまれたという。
明治四年、幼い津田梅子ほか数名の女子留学生が十年間アメリカに行く事を聞かれ、彼女らを招き、目に涙を湛えながら勉学の励ましを与えられた。後の大山捨松はその時誰もが感激でワっと泣いたと語っている。

また、皇后を中心とする下賜金などで東京慈恵医院等の病院が設立。さらには世界赤十字へ金十万円の寄付により、昭憲皇太后基金が作られ、現在まで世界各地の弱者救済に貢献している。すべて美子の君のご決断で背の君は黙して見守られていた。
昭憲皇太后基金（The Empress Shôken Fund）は忘れてはならない大きい業績のひとつであり、ノーベル平和賞の対象にもなったとも伝えられるものである。

日本赤十字社のサイトには「昭憲皇太后が一九一二年（明治四五年）の赤十字国際会議に際し、各国赤十字社の平時事業にと、ご寄付された十万円（現在の三億五千万円相当）を基に創設され」とある。後年、香淳皇后の多額のご寄付もあり、第一回の大正十年から百二年間で、累計二十三億円相当、対象は百七十一の国と地域に及ぶ。

また「当時、戦時救護を主に行っていた赤十字において、自然災害や疾病予防等の平時活動を奨励するための基金設立は画期的なことであり、世界の国際開発援助の先駆けとなりました。現在では、一〇〇年以上継続している平時における人道活動を対象とした世界最古の国際人道基金として世界で広く知られています」とある。

毎年、昭憲皇太后のご命日の四月十一日頃に配分先が発表され、各々、十カ国以上の団体に贈られる。百二回目の今年（二〇二三年）はホンジュラス赤十字社、ウルグアイ赤十字

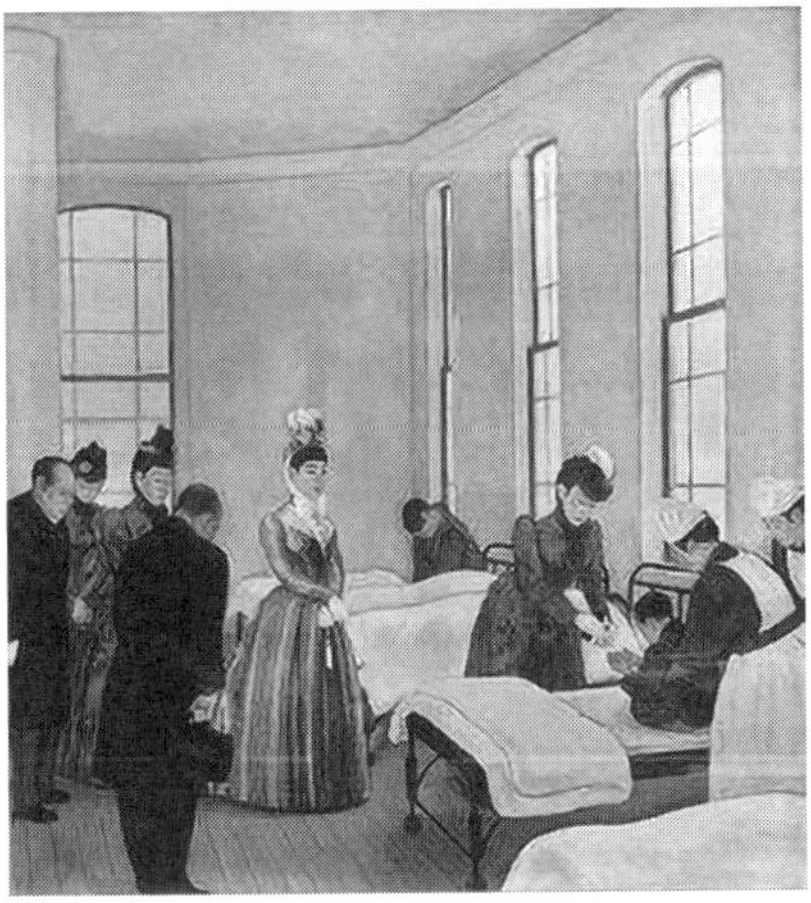

洋装で訪れた東京慈恵医院（聖徳記念絵画館）

社など十三地域、総額五千三三八万円相当であった（参考：日本赤十字社サイト）。

歌の往還

美子の君は天皇を思う歌を多く残している。

天皇御製

杜鵑問鶯（杜鵑《ほととぎす》　鶯《うぐいす》に問ふ）

本尊をかけたかと問へば鶯がほうほけ経とこたへてぞ鳴く

俗に、ホトトギスの鳴き声はホンゾンカケタカと聞こえるといい、ここから想を得られたようだ。ホーホケキョウー、神道のみならず仏道にも御理解あるところ、日蓮さんも微笑まれよう。

皇后御製

夏　東北巡幸のほど杜鵑といふことを

みちのくになきてゆきけむほとゝぎすことしは声のすくなかりけり

北海道から九州まで日本全国をくまなく巡行される背の君を思われ、ほととぎすよ、と問いかけられる。京都でほととぎすはことし声も少なく寂しいけれど。

北海道にわたらせ給ふを

くものなみ遠くへだてて北の海のみふねにかくるわがこころかな

帰ります程もちかしと菊の花植ゑて待つこそたのしかりけれ

遠い地を行く夫をしのび、その帰宅を待ちわびる妻の心は貴賤なく変わらない。

九万首もの御歌を遺された詩人の明治大帝には、恋の歌が三首ある。結婚後すぐに京を離れ東京で詠まれた御製である。

恋

玉くしげあけぬくれぬと思ひつつ恋ふる人こそ見まくほしけれ
松風の吹く音聞きてわがこころ恋しき人を思ひ出でつつ
都出でて草の枕の旅寝にも恋しき人をおもふなりけり

「玉くしげ」は枕ことば。宝石や櫛などを入れた小箱とか。

皇后美子の君　御製

恋　三首

時のまも身をば離れぬ面影のなど鏡にはうつらざるらむ
水茎にかき流さずばしられめや硯の海のふかき思ひを
思ふこと書き尽くしてむとる筆のその命毛のあらむかぎりは

名筆家として知られる昭憲皇后の三首の恋歌はまことに貴重である。この世にまたとない清らかにして美しきご夫婦であるお二方。

節制
花の春もみぢの秋のさかづきもほどほどにこそ酌ままほしけれ

ここには、背の君のお好きな日本酒とワインの飲量が増えることに、おいさめのつもりもおありだったのではないかと思われる。この一首は御歌の「フランクリン十二徳」の最初に入れられている。

輝きのなかの愁い

輝かしい歩みと業績を持った美子皇后にも、心の底には哀しみの想いもあったに違いない。

皇后御製
男女同権といふことを
松ヶ枝にたちならびても咲く花のよわきこころは見ゆべきものを

美子の君は、自分を松の大木の根元にならぶ草花にたとえ、堂々たる松を男性の夫、根元に咲く草花を女性の自分にかけて、男女は同権であってほしいが、女性には弱くとも母性的な天性の資質があると言いたかったのではなかろうか。天皇との間に子を産めなかった寂しさを吐露された歌もある。

桃花

ひなまつりせぬ春ながらわが君のためにこそ折れもものはつ花

実子を産むことができなかった皇后は、側室による親王誕生を大らかに受け容れ、養子として慈愛をそそがれた。明治天皇の皇子《みこ》大正天皇が美子皇后を詠まれた歌が「大正天皇御歌集」の中に一首あるのをここにかかげる。

大正天皇御歌

明治三十四年　中禅寺湖にて　二首の内、二首目の御歌　前詞の長く

吾が子の生まれたるを見そなはすとて皇后宮のいでましけるをかしこみて

このもとに今日仰がむと思ひきやわがははそばの高きみかげを

吾が子は昭和天皇のこと。大正天皇のはじめて父となられた慶びと、皇后宮への尊敬と慕情がしみじみと伝わってくる。

皇后御製

洋書

横文字をまなばざる身はをさなごがよみたがへるもしらぬなりけり

洋書

外国《とつくに》にまじらひながら横文字のふみもまなばで年たけにけり

あしがにの文字よみなれて外国《とつくに》の昔のことも知る世なりけり

「あしがに」は横文字で書かれた外国語をカニの足跡になぞらえた。

述懐

道ひろき学びのまどに入らぬ身のつたなさをのみおもひけるかな

和漢の学問に長じている皇后さん、と背の君からお墨付きを貰っていた皇后にも、学習したくとも洋書を読み外国語を学ぶことをあきらめた事への哀しみがあった。通弁（通訳）で間に合う、との天皇の最初のお考えは急激な西欧化へのご不満があったのかもしれない。

洋装

宮中の西洋化が進められる中、お上が公に軍服を着用されたのが明治五年、六年、それまでは眉はそり歯を黒く染めた白粉の公家姿であったのを廃止。直ちに断髪・洋服に切り替わった。この時皇后は、「剛毅にあらしゃいまする」と言われたという。

ただ、女性の洋装は「先例の儘たるべき」とお許しにならず、明治一九年まで待たなければならなかった。それは宮中のみならず政府内の経済に大なる負担となる事を避けたのも一因だと思われる。が、翌二〇年、「これ迄の衣服は上下に別れていないので不便である、洋服を着用するよう」という趣旨の皇后の「思召書」が出された。近代国家として国会、立憲、欧米諸国との交流に当たり、ここに有名なお写真、髪を短く切り宝冠をつけられた洋装すがたの皇后の画像が世に遅くとも広まるのである。

明治 22 年　洋装の皇后

矢澤弦月「昭憲皇太后像」

（お茶の水女子大学蔵）

大礼服を御召しになった時に詠まれたお歌。

写真

新《にひ》衣いまだ着なれぬわがすがたうつしとどむるかげぞやさしき

着慣れぬわが姿と詠われたのは、ドイツから取り寄せたドレスであろう、研究者によると、明治の総理大臣が年俸一万円の頃、十五万円を支払った領収書が遺っている。お歌の前書きに写真とだけここには書かれているが、次はハッキリと婦人洋服とある。

婦人洋服

新衣《にひごろも》立ち居に慣れずともすればかざりの玉のこぼれけるかな

ドナルド・キーンは明治天皇を当時世界一の皇帝だとして、明治大帝と言った方がいいのではないかと、著書「明治天皇を語る」の中で書いている。英明な皇帝であったと世界中の高い評価を得た背の君。公私の区別なく聡明な妻をありのままに認め、相応しい活動ができるように後押しをする画期的とも言える日本男性でもあった。洋装は美子皇后御自身新鮮なよろこびであったであろう。キーンは質素倹約を旨とする天皇が実は「ダイヤモンドを好み、酒はワイン、香水はフランス製の瓶を三日で使いきる」と、その矛盾を面白そうに書いている。天皇の趣味の一つであったか、ダイヤモンド。その使い道はいかがであっただろう。

皇后の歌に、「かざりの玉のこぼれけるかな」とあるのは、ダイヤモンドであろうか。新《にい》衣《ごろも》に見られる宝石は、胸もとを美しく輝かせたことだろう。皇后の洋装を長い期間許されなかった明治天皇であったが、日本で最初の西洋のロングドレスを美しく身にまとった皇后を誇らしく見つめておられたのではと思われる。

皇后御製

香水

大君のみけしにそそぐ水の香のわが袂《たもと》までかをる今朝かな

お上は香水などのお好みがフランス製であったと伝えられるが、どのような香りだった

「明治天皇紀附図『大婚二十五年祝典』(宮内庁蔵)

のだろう。みけしとは御衣のことであり、水の香はそのまま香水を指す。お二方の寝間着は白羽二重のころもと伝わるが普通の夫婦間の清々しくもなまめかしい空気まで伝わってくるようだ。皇后自身の黒髪と思われる「香水」の歌もある。

香水
すずしくもかをれる水やそそがまし解き洗ひたるくろかみの上に

長い黒髪を解き洗う、源氏物語のような絵を見る思いである。

大礼服(マント　ド　クール)、中礼服(ローブ・デコルテ)、小礼服(ローブ・ミ・デコルテ)、通常礼服(ローブ・モンタント)とよばれる女性の宮中礼服は、明治十九年皇后がはじめて着用、天皇の洋服、軍服写真からほぼ十三年後のことだった。これまでの皇后にはあり得なかった諸外国の賓客要人に謁見のほか、皇后単独の行啓も増えていった。

皇后の服装が洋装化した明治十九年七月以降、最も多い外出先は、「観桜会などが行われた浜離宮の五十三回。分野別では、華族女学校の四十回がトップで、次いで東京慈恵医院関連が三十一回、赤十字社関連が二十五回の順。殖産興業を推奨する内国勧業博覧会にも十一回」と記録されている。皇后の洋装は政府が企画し最も望んだもので、妻とともに宮中の国際化を主導した伊藤博文が妻への手紙で安堵の心情を述べている。国産の洋服生地は京都西陣、ロングドレスのデザイン、縫製も日本の地で出来あがる迄に進歩していた。

京都の尼門跡寺院・大聖寺に下賜され長年保管されていた大礼服については、入念な修復プロジェクトを経て見事に当時のまま再現されたことが、大きいニュースになりNHKで特集番組が放映された。

憲法発布式典においては、皇后は洋装の礼服を身につけられ、輝くばかりの美しさで臨まれた。さらに、「天皇、皇后の御手を携へて出御あらせらる」と『明治天皇紀』に記され、玉座に座した大婚二十五年祝典では純白に銀糸の刺繍ですべて国産のドレスであった。

京都への想い

明治天皇が生涯思い続けられたのは、ふるさと京都であった。在位四十五年で京都に行幸されたのはわずか二、三回である。皇后に対して「汽車の窓から京都に丁度いい小山を二つ見つけたから死んだらそこに入るのだよ」と、言われたと伝えられるのが、明治四十三年。それが現実になろうとは。明治四十五年、背の君は五十九歳にて崩御される。

皇后は大正二年、伏見桃山陵に参拝。次の日には京都市内慈善事業施設に二千円を寄付されている。伏見区の桃山御陵には明治天皇、東御陵には昭憲皇太后が鎮まられている。

明治天皇がどれ程ふるさとの京都、御所の佇まいを恋しく思われていたか、御歌から偲ぶことにしたい。

明治天皇御製

京都御所の庭園　西京に植ゑおきし朝顔をおもひて

御苑の祐の井戸

植ゑおきし庭の垣根の朝顔の花の盛りをたれか見るらむ
御所の紫宸殿
軒近き花たちばなにふる里の南の殿をおもひこそやれ
故郷の庭
池水に小舟《こぶね》うかべて遊びつる昔こひしきふるさとの庭
御所の橘
のき近き花たちばなにおもふかな遠きみおやの植ゑしむかしを
むかしわがわたりていでし故郷の橋のみゆるはうれしかりけり

明治天皇御製

故郷
わがために汲みつときさし祐《さち》の井の水はいまなほなつかしきかな
故郷の井
くむ人はたえても青くすみぬらしわがふるさとの祐《さち》の井の水

背の君に語りかけている輝く若葉、美子の君の絶唱を、記しておきたいと思う。

昭憲皇太后御製
わが君が産湯となりし祐《さち》の井の水は千代まで枯れじとぞ思ふ

明治四十五年、天皇崩御の後の昭憲皇太后の御歌である。祐《さち》の宮は明治天皇の幼名なのはご承知の通りである。

京都御苑は市民憩いの場であるけれども明治天皇と皇后の面影を探すには、どこか遠い思いがある。産湯を使われた井戸も名水と謳われながらも鉄の柵で隔てられ、生きた水を手にすることも出来ない。専門家による井戸さらえは時々しているのだろうか。美子皇后ゆかりの「県井戸《あがた》」は、今や枯井戸となっている有様である。御苑は環境省、御所は宮内庁の管理、京都市もお世話されているようだが、明治天皇と皇后にたいする敬愛がもっとあふれるような、一定期間「祐の井の水」を汲むことができるそうした御苑であってほしいと切に思う。

最期の刻

大正三年四月八日、長袖のロングドレスを身に着けた美子皇太后の異変は、沼津御用地で静養中に起きたのであった。皇后宮付女官として仕えた山川三千子が自分の体験談から書き置いた『女官』の中にある「皇后宮ご発病」から抜き書きさせていただく。

ちょうど当番でございました私がお配膳申し上げていつもよりゆるゆるとお食事をおすましになり、御膳部のお品々を大半お下げして、消化剤のお薬をさしあげようとした時、突然何かお苦しそうな表情を遊ばしました。「いかが遊ばされましたか」と伺ってもなにもお言葉はございません。

急を知った女官一同がかけつけて、侍医を呼び出すと同時に、お床の上へお横にはいたしましたものの、今の洋装と違って、お首の廻りからお手の先までしっかり肌についたお洋服で、しかもコルセットなども鯨の骨をたくさん入れた強いもので、すこしのすきもございません。

結局、「洋服を切るために鋏を差し込み、洋服を小さく切り取って、ようやく胸の辺りをゆるくしてさしあげました」と書いている。

狭心症の二度目の発作があり、お上の後を追うように美子の君は崩御された。一度目の発作の時、皇太后は明治天皇のことを忍びながら、眠りから覚めて女官たちに「いま私が急いで桃山の明治天皇様のおそばに行こうとするのに、皆がまだ成らせられてはいけませんと止めるので、しかたなく引返したが、三十年後の日本の姿は見たくないものを、早いほうがいいね」(『女官』)とつぶやかれた。

最期にお召しになっていたおころもに、「国のためならなんでもしましょう」と日頃のお覚悟がしみじみと伝わるのであった。

これほど迄に慈しまれたロングドレス、ぴったりと身を締め付けるものであっても、国のため、君のためとの思し召しあっての事であろう。ドレスは美子の君に最期まで寄り添い、近代日本の象徴であり続けたのである。

明治天皇夫妻と漱石

明治天皇は己に厳しく、義務感と克己心をもって生を全うされた。国と民との幸福を願われ、美子皇后と心を一つにして献身された。明治という時代は家の存続の為に側室や妾も許容された時代である。明治天皇は絶対君主であった。皇后へ近代化の体現を求め、後押しされたが国の威信に関するものは許されなかった。西洋化の女子洋服、洋書言語の学習などは時間を要したのであった。現代人はどこか醒めた目でかつて戦勝国であった明治という時代を見、国策から大逆事件等の負の遺産により、親しみを得ない人も少なくないかもしれない。

漱石はどうであったろうか。明治四十五年七月、明治天皇が昏睡状態となると当局が川開きを禁じるなどしている。漱石は日記で「必要なし」と述べている。演劇其他の興行もの停止など、当局が干渉すべきではないと書き、最後に「天子の徳を頌する所以にあらず。却って其の徳を傷くる仕業也」と書いている。

また漱石は「こゝろ」のなかで明治天皇の死を「先生」に次のように語らせる。

夏の暑い盛りに明治天皇が崩御になりました。其時私は明治の精神が天皇に始まつて天皇に終わつたやうな気がしました（中略）

「私は殉死といふ言葉を殆んど忘れてゐました。（中略）私は妻に向つてもし自分が殉死するならば、明治の精神に殉死する積だと答へました。（中略）

それから約一ヶ月程経ちました。御大葬の夜私は何時もの通り書斎に坐つて、相図の号砲を聞きました。私にはそれが明治が永久に去つた報知の如く聞こえましした

そして、その後「先生」も自殺するのである。

「こゝろ」の中で「明治の精神が天皇に始まって天皇に終わった」と先生に語らせたように、漱石もまた明治と共に生きたのである。

漱石は天皇奉送の句として次の句を残している。

御かくれになつたあとから鶏頭かな

奉送（一句）

厳かに松明《まつ》振り行くや星月夜

また、美子皇太后崩御の大正三年四月ごろ、漱石は京都を旅行中であった。津田青楓と西川一草亭の案内で祇園のお茶屋の女将磯田多佳と交流している。しかし、胃病が悪化し、妻の鏡子が呼ばれるほどだった。漱石は翌年十二月九日に他界。最期の床で「香が聞きたい」と妻に告げた。そして香炉を手にとり静かに香を聞いたという。それは京都の芸妓たちに貰った梅が香というお香であった。漱石も京都の地に断ちがたいご縁があるようである。

明治政府の政策であった神聖不可侵の立場ではなく、私は若き夫と妻であられた天皇皇后の愛に満ちた和歌に、新鮮な啓示を受け、美子の君の精神が尊く、善意に満ち、その功績は語られるべきと感じたのである。まことに僭越な言い草をお許しいただきたい。

参考文献

①明治神宮編「明治天皇御集・昭憲皇太后御集」（角川文庫）
②宮内省図書寮編「大正天皇御製歌集」（やまうたブックス）

Ⅱ

夏目漱石「京に着ける夕」論
――寄席・落語に始まった子規との交友――

漱石と子規の交友のきっかけとなったのは、共通の趣味である寄席・落語であった。一切の教職を辞し作家となった漱石の最初の小品「京に着ける夕」は、親友への追憶を込め落語的な発想で描かれたものである。明治の京都を「太古のまゝ」という視点で創作した彼の意図を考察し、落語発祥の地・京都の文化を再確認する。寄席に関した資料を以てこの作品を論証したい。

序　問題の所在

夏目漱石が東京帝国大学・一高教師の職を辞し、朝日新聞社の招聘に応じて職業作家として入洛したのが、明治四十（一九〇七）年三月二十八日から四月十一日までの十五日間であった。彼はその間に名所旧跡を訪ね、大阪在住の朝日新聞社長の村山龍平と面談を果たしている。当時漱石は四十一歳。大阪朝日の主筆をしていた鳥居素川が「草枕」を読んで漱石に傾倒し、社長の村山に漱石を招聘するように進言したのがきっかけであったという。しかし滞在期間の多くを彼は主として新旧の名所を探訪するなど取材を重ねて、東京朝日に連載する京都を舞台とする長編小説の構想を練るために費やしたようである。それが後に彼の最初の新聞小説である「虞美人草」に結実した。

当時朝日新聞は本社が東京と大阪にあり、東京は長編小説を、大阪は短編を掲載するという役割分担があったという。漱石も早速大阪本社から依頼されて、「虞美人草」よりも前に著述したのが本論の主題である「京に着ける夕」である。彼はこれを下鴨神社に居を構えていた畏友、狩野亨吉宅に逗留中に執筆したもので、大阪朝日新聞に四月九〜十一日の三日間に亘って連載されたものである。筆者はこの小品を「虞美人草」の前触れとして重要な意味を担うとかねがね考えてきた。

しかし、この作品は大阪に掲載されただけで、東京朝日に転載されることはなかったからか、単行本にも収録されることなく、放置されていた感がある。このような不運というか不遇が重なってこれまで取り上げた研究者も少なく、京都で最初の著作を「虞美人草」だとし、本作品を全く無視した研究も散見されるし、存在を認めても他の作品の研究資料として使用するのみである。

小説でなく小品、所謂紀行文、随筆の類に扱われてきたのは、漱石の実体験そのままと受け取られたからではなかろうか。もとより「小品」は漱石文学の中で高い評価を受けており、たとえば比較文学の芳賀徹氏は、「漱石のうつくしい小島」として「永日小品」を絶賛している。

筆者は本作品が漱石の実体験としての紀行文であるという通説には疑問をもつが、明治四十年当時の京都を「古い淋しい昔のままの京」として筆をすすめた漱石の見解まで疑うものではない。それは創作という側面があり、小説としての虚構を形成しているからである。しかし、事実としての叙述は重く、何よりもこの短編の骨子でもある正岡子規との交友が、寄席・落語の趣味によって始まったということを重要視する。さらに、本作品には落語的発想が多々みられることに注目し、それらを跡づける資料を提示するものである。
1、子規との書簡を通じて、また作品のなかに落語につながる二人の交流の同時性を明らかにしたい。
2、『京に着ける夕』のなかに、寄席・落語の発想があるとは、これまでの研究で指摘されることはなかったと思われる。比較文学や漢学の素養、俳句の世界等々、高踏的な論旨に比べ寄席落語は学術とは遠い俗の位置にあったのではなかろうか。しかしながら漱石、子規という明治の文豪が心から愛好しその影響を受けていた事実を見落としてはなるまい。寄席・落語の発想がどのような形で本作品に描かれているかを資料を提示しつつ論証したい。

1

ここで、先行論文に関して言及したいと思う。最もよく知られている岡三郎氏の大著『「虞美人草」と「京に着ける夕」の研究(1)』は、自ら所蔵の漱石直筆原稿を解読され精緻な分析に基づく画期的な論考であった。これまでの「虞美人草」論には、漱石自身が嫌っていたという事をもって、これは即ち漱石の失敗作だと断定する文壇の否定的論調が根強くあり、今日まで支配的な見方になっていた。しかし、その中で岡氏は世の不評をものともせず、漱石の意図するところを公正な目で探り、理解し『「虞美人草」と「京に着ける夕」の研究』に結実され、その著書によって、小説家漱石を研究する基礎的な場を広く提供されているのである。岡氏は「あとがき」で、「正宗白鳥以来は否定的な流れが持続している。平岡敏夫氏の研究によって若干の変化の兆しがみえるが、まだ十分とは言えない。小説家漱石の真相は「虞美人草」の解明を避けては開示されないであろう。」と述べている。

　岡氏より先に四十数年前、すでに平岡敏夫氏が『漱石序説』[2]を著し、そのなかの「『虞美人草』論」で『虞美人草』が高く評価されていることに注目したい。平岡氏は、漱石の「勧善懲悪」「美文」は表裏一体、京に住む老父と娘という「過去」への共感に立つ文明批判小説の到達であると論じ、この小説の再評価をめざして書いたとしている。唐木順三、正宗白鳥の酷評に加えて漱石崇拝者の小宮豊隆までも、「文章に会話に厚化粧があり」「息のつけない読書も亦苦しい」などと述べているのに対し、当時若手の平岡氏が反論の形で明快に論破されたのは今日でも深い示唆を与えられる。「京に着ける夕」への言及が「虞美人草」論に収斂され、それ自体の評論でないのは惜しまれる。また、岡氏の論考に子規・漱石の庶民的な情緒が見られないところが、筆者の視点と異なるのである。

　この他、漱石の句「鶴」を冒頭に論じた二宮智之氏の「夏目漱石『京に着ける夕』論――〈鶴〉の表現と正岡子規との関わりを中心に[3]」は、結末部の句「春寒の社頭に鶴を夢見けり」に独自の解釈を行っている。鶴を詠んだ漱石の句は「明治四十年以前の句の全てが『子規へ送りたる句稿』にあり、子規が目を通した句である、ということは重要であろう。つまり、漱石と子規の交流において、俳句表現における認識を共有している可能性があるのではないだろうか、ということである」。二宮氏は「人に死し鶴に生まれて冴え返る」の句をもって転生のイメージとし、漱石の想像の中で子規の存在が「この世ならぬ子規との会合ではないだろうか。」と論じている。妥当性のある結論であるが、ただ以下の記述だけは肯定することが出来ない。

漱石が『京に着ける夕』において自ら描き出した自身の姿は、不安と孤独に苛まされて過去の友人子規にすがる淋しい姿であり、決して孤高でもなければ飄逸でもない。このように創作としての意識も併せ持ちながら、〈率直な漱石の告白〉としても読めるところに『京に着ける夕』、ひいては漱石の小品の魅力があるように思われる。

筆者はこの一文に関しては同氏と対立する立場になるが、それは漱石を過去の友人にすがり助けを求めるような軟弱な男ではないと考えるからである。

最近では佐藤良太氏の「夏目漱石『京に着ける夕』論――〈近代以前〉への憧憬(4)」があ

る。東京・京都の当日の気温の比較など、科学的な実証をもって近代文明批判の創作であることを明示している。この論文に注目すべきは、次の論旨にある。

近代の喩としての「汽車」が向かう〈暗い国〉と、近代以前に誘われた「余」が向かう〈遙かな国〉という二つの空間の意味を明らかにしつつ、〈近代〉から疎外された神話的表象に収斂する小品の〈大きな意味〉を提示していることである。

前掲の三論文はいずれも傾聴に値する内容であり殆ど異をはさむ余地はないが、本作品の細部の読みに関して私の疑問は解消されていない。私が抱く疑問は次の三つ、ぜんざいと京都をつなげる意味。有史以前の京都とはどのように考えられるか。そして、子規への追憶が漱石に何を与え、決意させたか。

ぜんざいについては、岡氏は名前の由来について、「一休禅師が初めてこれを食した時に『善哉此汁』と絶賛した話に結びつけられ」と一説を紹介しているが、岩波の『漱石全集』ではこれを採用していない。伝説という認識であろうか。岩波『漱石全集』（平成版）では、「東京で汁粉というのを京阪では多く『善哉（ぜんざい）』という。喜多川季荘（守貞）の

『守貞漫稿』によると、赤小豆の皮を去らず、丸餅を焼入れて善哉といい、江戸では小豆の皮を去り、切り餅を焼入れて汁粉という。」となっている。二宮・佐藤両氏にぜんざいの記述はない。卑近な題材ながら本作品にかなりウェイトをもつ問題ではあろうと著者は考えている。

2　「寄席・落語」子規との交友

三遊亭円朝と円遊の咄《はなし》は漱石の好んだものであった。夏目漱石が正岡子規宛てに送った手紙が残されており、円遊に関して書いてある件があるので引用したい。明治二十四年七月九日、漱石二十四歳の時の書簡の一節である(5)（傍線筆者、以下同）。

観劇の際御同伴を不得残念至極至極残念（宛然子規口吻）去月卅日曇天を冒して早稲田より歌舞伎座に赴くぶら〳〵あるきの銭いらず（中略）御菓子頂戴御寿もじよろしい口取結構と舞台そつちのけのたら腹主義を実行せし時こそ愉快なりしか（中略）腹の痛さをまぎらさんと四方八方を見廻はせば御意に入る婦人もなく只一軒おいて隣りに円遊を見懸けしは鼻々おかしかりしなあいつの痘痕と僕のと数にしたらどちらが多いだ

らうと大に考へて居る内いつしか春日の局は御仕舞になりぬ公平法問の場は落語を実地に見た様にて面白くて腹の痛みを忘れたり

惣じて申せば此芝居壱円以上の価値なしと帰り道に兄に話すと田舎漢が始めて寄席へ行と同じ事でどこが面白いか分るまいと一本鎗込られて僕答ふる所を知らずそこで

愚兄得々賢弟黙々（後略）

先は手始めの御文通迄余は後便

明治二十二年から漱石と子規との付き合いは始まっていたが、この書簡は文中に、「手始めの文通」とあるのが意味深長である。子規からある心配事の相談を受けた漱石の「手始めの返信」ではなかろうか。文中、鼻々と書いているのは「はなはだ」と読ませるシャレだという。幼時に種痘で疱瘡にかかりあばた痕を気にする「僕」は円遊の同じ痘痕と数を比べているのだ。「只一軒おいて隣りに円遊を見懸けしは鼻々おかしかりしなあいつの痘痕と僕のと数にしたらどちらが多いだらうと大に考へて居る…」とある。ちなみに、円遊は鼻が大きいので句にも詠まれていた。

円遊の鼻ばかりなり梅屋敷　漱石　（正岡子規へ送りたる句稿　三十三）

噺家のあばたに自分の気にする痘痕を引き比べ子規の前にさらすのは、趣味を一にする友人ならではであろう。しかしながら、落語の諧謔をのべながらも、本題であるところの子規の学校での成績に関しては後回しにする配慮を忘れない。

学生時代の夏休みの期間に、漱石は牛込喜久井町の自宅から松山市湊町の子規の実家へ宛て、子規に依頼された、学校での試験の点数を報告するのが主な目的であった。書簡の最後に教授陣の点数を挙げ、「平生点六十あれば九月に試験を受る事が出来る然し今のまゝでは落第なり」と率直に書いている。緊張を要する案件を報告するにあたって、以上の文面ににじみ出る、両者の交友の原点ともいえるのはやはり寄席・落語であったと、明言してもよいであろう。

円朝が「江戸落語の完成者といわれ」、円遊が「近代落語の祖」と謂われるという。『古典落語』（講談社文庫）の著者興津要氏の評であるが、近代文学に影響を与えた功績はとかく忘れられてきたのではなかろうか。水川隆夫氏『漱石と落語』(6)はその点、注目すべき書物であるが、「京に着ける夕」に関してはなぜか言及がない。

筆者がこれまでの「京に着ける夕」論にはなかった落語との接点を主張するのは、ほかでもない。本作品の紙面を大きく占めるほど子規への追憶があることに鑑み、二人の意気投合したのは、「寄席落語」という趣味を通じてであり、その最初の出会いを、漱石が故人を偲ぶときに忘れることがあろうはずがないという点にあった。そもそもの出会いについて、漱石は以下のように述懐する。

正岡は僕よりももつと変人でいつも気に入らぬ奴とは一語も話さない、孤峭な面白い男だつた、どうした拍子か僕が正岡の気にいつたと見えて打ち解けて交るようになつた、（談話「僕の昔」(7)）

それが落語であったことは、子規も認めていた。漱石は幼時を思い出し、こう述べている。

松山から熊本の高等学校の教師に転じてそこで暫くゐて、後に文部省から英国へ留学を命ぜられてゐつて帰つて来て今は大学と一高と明治大学との講師をやつてゐる、中々忙しいんだよ。

　落語か。落語はすきでよく牛込の肴町の和良店へ聞きにでかけたもんだ。僕はどちらかといへば小供の時分には講釈がすきで東京中の講釈の寄席は大抵聞きに廻つた、何分兄等が揃つて遊び好きだから自然と僕も落語や講釈なんぞが好きになつて仕舞つたのだ、落語家で思ひ出したが、僕の故家からもう少し穴八幡の方へ行くと右側に松本順といふ人の邸があつた。あの人は僕の小供の時分には時の軍医総監で羽振りが利いて中々威張つたものだつた。円遊や其他の落語家が沢山出入りして居つた。

（談話「僕の昔」）


彼と僕と交際し始めたも一つの原因は二人で寄席の話をした時先生も大に寄席通を以て任じて居る。ところが僕も寄席の事を知つてゐたので話すに足るとでも思つたのであらう。其から大に近よつて来た。

　彼は僕には大抵な事は話したやうだ。兎に角正岡は僕と同じ歳なんだが僕は正岡ほど熟さなかつた。或部分は万事が弟扱ひだつた。

（談話「正岡子規(8)」）

以上の資料が二人の交友の出会いをよく示していよう。筆者には漱石の『京に着ける夕』の「寒さ」の記述に、子規の『墓』の寒さが背景にあるようにも思われてならないのであるが、それを一部分引く。

オー寒いぞ〳〵。寒いツてもう粟粒の出来る皮も無しサ。身の毛がよだつといふ身の毛も無いのだが、所謂骨にしみるといふやつだネ。馬鹿に寒い。オヤ〳〵馬鹿に寒いと思つたら、あばら骨に月がさして居らア。（正岡子規「墓」(9)）

この時既に子規の身体は重篤の状態であった。それにも関わらず平静に自己を観照しているさまは、悟りを開いた修行僧のようだ。苦痛、寂寥、孤独をかかえながらそれらを諧謔に換えて文学作品とするあたりに、漱石と共通するものがある。

漱石は子規の手引きによって俳句の道へ入った。もともと「俳諧」の語も諧謔の意味をもつもので、俳諧から俳句へ移行した歴史もある。学生時代の子規と漱石が落語を介して意気投合したことが、二人の交友の始まりであったことを忘れるべきではない。

漱石は子規との仲について聞かれると、作中人物を通じ、『吾輩は猫である』十一、で

「肝胆相照らしていた」と述べている。

「先生、子規さんとは御つき合でしたか」と正直な東風君は真率な質問をかける。
「なにつき合はなくつても始終無線電信で肝胆相照らして居たもんだ」　（十一）

この信頼感があって、近代日本の二人の文豪が、庶民的な寄席・落語、それは金力・権力を弱者が笑い飛ばそうとする世界であるが、その影響を文学上に生かした業績はまことに大きい。

漱石が『三四郎』のなかで、三代目小さんを名人と賞賛させたことは、よく知られているが、作者自身の声であったのは間違いなかろう。

小さんは天才である。あんな芸術家は滅多に出るものぢやない。何時でも聞けると思ふから安つぽい感じがして、甚だ気の毒だ。実は彼と時を同じうして生きてゐる我々は大変な仕合せである。今から少し前に生れても小さんは聞けない。少し後れても同様だ。――円遊も旨い。然し小さんとは趣が違つてゐる。（中略）小さんの演ずる人物から、いくら小さんを隠したつて、人物は活潑々地に躍動する許りだ。そこがえらい。

（「三四郎」三の四）

小さんは、江戸落語で一世を風靡したが、じつは上方落語を東京に輸入した功績があるとされている。足しげく上方に通ったともいう。近代に入って咄家の往来がしげくなると、東京では珍しい大阪の咄を、地名・人名・風俗・会話を江戸前に仕立て直して高座にかけることが多くなったという。したがって、江戸の落語と思い込んでいたものが実は大阪で出来、また京都で作られた場合もあるのであった。

3　「京に着ける夕」にみる落語

まず、本作品の冒頭を読む。

汽車は流星の疾きに、二百里の春を貫いて、行くわれを七条のプラットフォームの上に振り落す。余が踵の堅き叩きに薄寒く響いたとき、黒きものは、黒き咽喉から火の粉をぱつと吐いて、暗い国へ轟と去つた。

人間が文明の象徴である汽車から振り落とされる、小さな存在として描かれている。色彩の対比の「黒きもの」と「火の粉」は、比喩である「黒き咽喉」の今ならアニメの巨大な黒い怪物であろうか。斬新な描写と音律と色調と、声を出して読むにふさわしい文章がつづく。

唯さへ京は淋しい所である。原に真葛、川に加茂、山に比叡と愛宕と鞍馬、ことごとく昔の儘の原と川と山である。昔の儘の原と川と山の間にある、一条、二条、三条をつくして、九条に至つても十条に至つても、皆昔の儘である。数へて百条に至り、生きて千年に至るとも京は依然として淋しかろう。此淋しい京を、春寒の宵に、疾く走る汽車から会釈なく振り落された余は、淋しいながら、寒いながら通らねばならぬ。南から北へ――町が尽きて、家が尽きて、灯が尽きる北の果迄通らねばならぬ。

「余」は、寒さに震え、淋しい京をしきりに書くが、この寒さは「余」の実感であると同時に亡友子規の寒さであったのだ（前掲『墓』）。淋しさも二人の同時性がもたらしたものと考えられる。

「淋しい京」が強調され、昔の儘の「文化が遅れた京」のすがたが繰り返されるのも、一条、二条、三条、九条、十条、百条、千年、と数字が並ぶのも、東京との対比にするための虚構の創意が含まれているからであろう。

東京を立つ時は日本にこんな寒い所があるとは思わなかつた。昨日迄は擦れ合ふ身体から火花が出て、むく〳〵と血管を無理に越す熱き血が、汗を吹いて総身に煮浸み出はせぬかと感じた。東京は左程に烈しい所である。此刺激の強い都を去つて、突然と太古の京へ飛び下りた余は、恰も三伏の日に照り付けられた焼石が、緑りの底に空を映つさぬ暗い池へ、落ち込んだ様なものだ。余はしゆつと云ふ音と共に、倏忽とわれを去る熱気が、静かなる京の夜に震動を起しはせぬかと心配した。

「遠いよ」と云つた人の車と、「遠いぜ」と云つた人の車と、顫へて居る余の車は長き轅を長く連ねて、狭く細い路を北へ北へと行く。

ここで、「太古の京」とあり、「有史以前から深い因縁で互いに結び付けられて居る。」とあるのは、どのような関係で描かれたのか、それは何であるかを考察したい。「余」が七条ステーションの南から糺の森の北へ北へと向かう先は、漱石が宿舎とする畏友狩野亭吉の家がある、賀茂御祖神社（下鴨神社）である。この神社の祭神・賀茂建角身命は、神武東征の際、八咫烏に化身して神武天皇を先導したと伝えられる。まさしく有史以前の世界が繰り広げられる土地なのである。境内にある社叢林である糺の森は、およそ十二万四千平方メートル（東京ドームの約3倍）の面積を有する原生林で、現代では下鴨神社全域が世界遺産に登録されている。

では、「太古の」と、「有史以前の」という語は古典落語に見られるであろうか。じつは、「鹿政談」という咄がある。奈良の鹿は「神獣」とされ、強権をもつ興福寺が管理し、鹿を殺傷した者を興福寺側は罪人の年齢を問わずに引き回しの上、斬首するという私刑を公然と行っていたという。落語では以下のように語られる。

春日さんという神さんは伝説によりますと太古の昔、常陸の国から鹿に乗って大和へやって来た。という言い伝えがあるんやそおで、…神仏習合で坊さんも神主っさんもイケイケなってた。（桂米朝）(10)

太古の昔も有史以前も同義語であるのはいうまでもない。咄家はこのようにいとも簡単にはるか彼方に飛んでいくことが出来るのだ。漱石が「太古の京に飛び降りた余は、」といい、「京都とは有史以前から深い因縁で結びつけられている。」と書くのも自分を咄家になったつもりで語っているからであろう。

『京に着ける夕』には、怪奇の雰囲気がそこはかとただよう箇所が見受けられる。

細い路を窮屈に両側から仕切る家は悉く黒い。戸は残りなく鎖されてゐる。所々の軒下に大きな小田原提燈が見える。赤くぜんざいとかいてある。人気のない軒下にぜんざいは抑も何を待ちつゝ赤く染まつて居るのかしらん。春寒の夜を深み、加茂川の水さへ死ぬ頃を見計つて桓武天皇の亡魂でも食ひに来る気かも知れぬ。

亡魂を供養するために海、山の供物が用意されるのがわが国の習俗であろう。中国では中元、日本では盂蘭盆会といい、本来人々の亡魂を慰める為に供物をするものであった。

本作品ではまず七条ステーションの南から北へ、糺の森に至る川端の夜道を人力車がひた走る情景が、墓地の不気味さを漂わせる。さらに闇夜に響く音が描かれる。

静かな夜を、聞かざるかと輪を鳴らして行く。鳴る音は狭き路を左右に遮ぎられて、高く空に響く。かんから〻ん、かんから〻ん、と云ふ。石に逢へばか〻ん、か〻らんと云ふ。陰気な音ではない。然し寒い響である。風は北から吹く。

人気の無い家々の軒に赤い提灯が連なり、車夫のひく鉄輪の車輪の音だけが夜のしじまに響く。かんかららん、かんかららん、石を踏めばかかん、かからん…。

この場面には『京に着ける夕』導入部の「たださえ京は淋しい所である。原に真葛、川に加茂、」の言葉が生きているのである。真葛原こそいにしえの京都の壮大な墓地であったことを見過ごしてはならないであろう。闇夜に人気のない家々の軒に連なる、ゆらゆらする赤い提灯、音のない世界に「かんからかん」「かからん」とこだまする音。こうした舞台背景には亡魂を供物で以て慰め、怨霊を鎮めるものの存在が必須ではないか。寄席、落語を取り入れた話者である「余」が、ここから登場するのである。

咄家の怪談のなかで、「墓地を思わせる洞窟」「燃えている蠟燭の火」「亡魂」の世界、「カランコロン」の下駄の音。それらが定番の舞台装置のように展開するのを資料で見ることにする。

死神は男と一緒に洞窟のような所に連れて行った。そこには燃えている蠟燭が沢山あった。蠟燭一本一本が人間の寿命で、くすぶっているのは病人、長いのは寿命があり、短いのは寿命が短いのだと言う。（「死神」）

とすると、音がするという話になっており、円朝の噺はそさげて通ってくる時に、カランコロンと下駄の恋慕している萩原新三郎のところへ。（中略）ふたおもてにして二人のお組がからむという趣向になつては野分姫の亡魂も合体しており、一人の男を間同じ姿で現われ…

左様でございます、是は桓武天皇の御宇内裏にて雨乞ありしとき大和國より千年效を經し牝狐牡狐二頭の狐を狩出し其生皮を剝ぎ製いましたァ鼓ぢやさうにござります、天の宮はいさめの神、日に向うて打つ時は鼓はもとより波の音、狐は陰のゆゑ雲を起して降る雨に民百姓の悦びで、初めて聲を上げしより初音の鼓と名づけました。

（「骨董商」鈴木行三編『圓朝全集』第十三巻　春陽堂　昭和三年）

以上、『京に着ける夕』の一部分に怪談の反映があることを提示した。しかし、これらは漱石だけに見られるものではない。子規が漱石より先に、寄席、落語を取り入れた小説を世に出しているのだ。前掲の『墓』のほかに『初夢』もあるがここでは省略する。次に、ぜんざいと京都の関わりについて言及したい。

桓武天皇の御宇に、ぜんざいが軒下に赤く染め抜かれてゐたかは、わかり易からぬ歴史上の疑問である。然し赤いぜんざいと京都と到底離されない。離されない以上は千年の歴史を有する京都に千年の歴史を有するぜんざいが無くてはならぬ。ぜんざいを召し給へる桓武天皇の昔はしらず、余とぜんざいと京都とは有史以前から深い因縁で互に結びつけられてゐる。

では、赤いぜんざいと余と京都がどのような経路で互いに結びつけられているのか。

4　京都は落語の発祥地

じつは、京都は寄席落語の発生地である。漱石の蔵書に『江戸の落語』(11)があるので、おそらく京都が落語の発祥地だという来歴を彼は見ていたであろう。「落語の原点、咄家の先祖」として、暉峻《てるおか》康隆氏の著書『落語の年輪』(12)には詳しい謂れが書かれている。

御伽衆は、主君の側近に居て咄をもって慰める職能の人々であった。秀吉の時代は武家でも茶の湯の心得のある人々が選ばれていることが目立ち、金森法眼、織田有楽斎など。民間では茶人として有名な利休の娘婿・万代屋《もずや》宗安。豪商の茶人住吉屋宗無、今井宗薫、武野宗瓦らがいる。安楽庵策伝は、御伽衆であった飛騨高山城主、金森長近（法眼）の弟として生まれ、のちに京都誓願寺の法主となったが、茶道や歌文、咄をよくし、フリーな形での御伽衆の一人であった。所司代に望まれ口演した咄が筆録により、『醒睡笑』として残されている。上流階級から始まった「お伽ばなし」が落語咄とよばれるようになり、いつしか庶民に広がり人気を博したのである。江戸、大阪よりも京都が語の根拠であったことを知る人は少ないが、重要な事柄であろう。

漱石が「京都はぜんざい」と明治二十五年に見た記憶は、或いはその頃も熱中していた落語の影響があったのではないか。東京では「汁粉」だが、京都では「ぜんざい」なのだと、咄の枕にでも聴いたのではないかと思われるのである。円朝の「士族の商法」（御膳しる粉）はあまりにも有名で、人気の高い江戸落語だ。明治維新で禄を失った士族が汁粉屋を始める。商売のイロハも知らないが気位ばかり無暗と高い殿、奥方、姫と、客となった円朝とのやりとりが円朝自身の筆録で残されている。しかし、この江戸落語は元はと言えば、上方落語、三代目桂文三《ぶんざ》（米朝記、享年五十七歳）がやっていたもので、さらに新作「改良ぜんざい」を作っていた。文三は京都でも活躍し、「真っ赤に塗った人力車」を乗り回していたことも噂になり、ずいぶんな人気であったという。ちなみに二代目文三は「提灯屋の文三」とも呼ばれていたという。桂米朝が自著『上方落語』(13)で書いているのを指摘したい。

その速記を今読んでみても警句百出の新しさ、その切り口の見事さはおどろくばかりで、明治三十年代にこれだけのことを喋り立てた文三の才に敬意を表するのほかない。

東京の咄家によって桂文三の「改良ぜんざい」を、おそらく漱石は東京の咄家から枕としてでも聴いていたのではなかったか。粗筋はこうだ。店のような木造の明治の役所が舞台になっている。

「改良善哉」という看板を掲げた店が出来たので、食べに入ると、受付で住所・氏名・年齢・職業を調べられ、調書作成手数料に五銭を取られる。この調書を持参して窓口へ行くと、前金で五円という法外な代金を取られる。部屋に通されると、役員監視のもと、十二杯も並べられ、少しでも残したら五円の罰金、三日間の拘留といわれる。

「ひどいことになっちゃったな。これじゃあ、胃を悪くする」

「何をぶつぶつ言っておる。善哉食えん（九円）か」

「いえ、五円でございます」

御膳しる粉を改良した「改良ぜんざい」は、役人の融通の利かない上から目線と規則ずくめの役所の機構を諷刺した内容であり、古くは二条河原における京わらべの落書きをも思わせる痛快さが売りである。さて、本作品のぜんざいの「赤い提灯」は、文三の駆っていた「真っ赤な人力車」のイメージと似通うのではなかろうか。たとえ枕での話であった

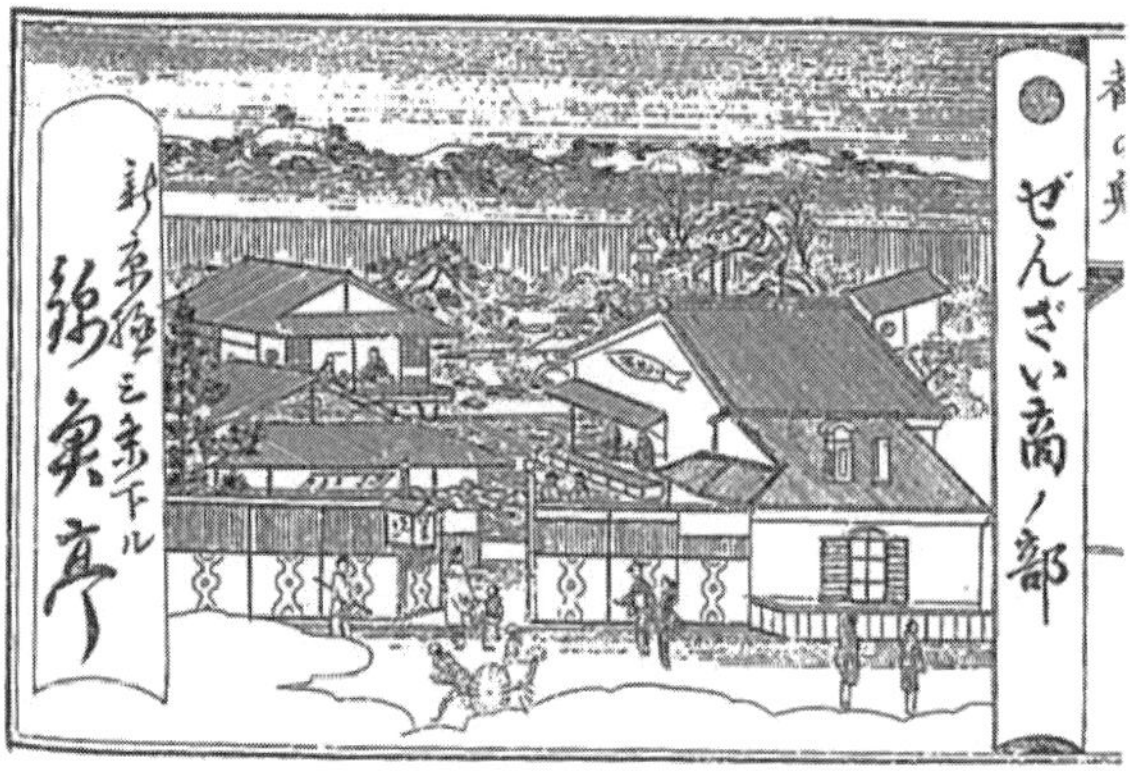

新京極三条下ル

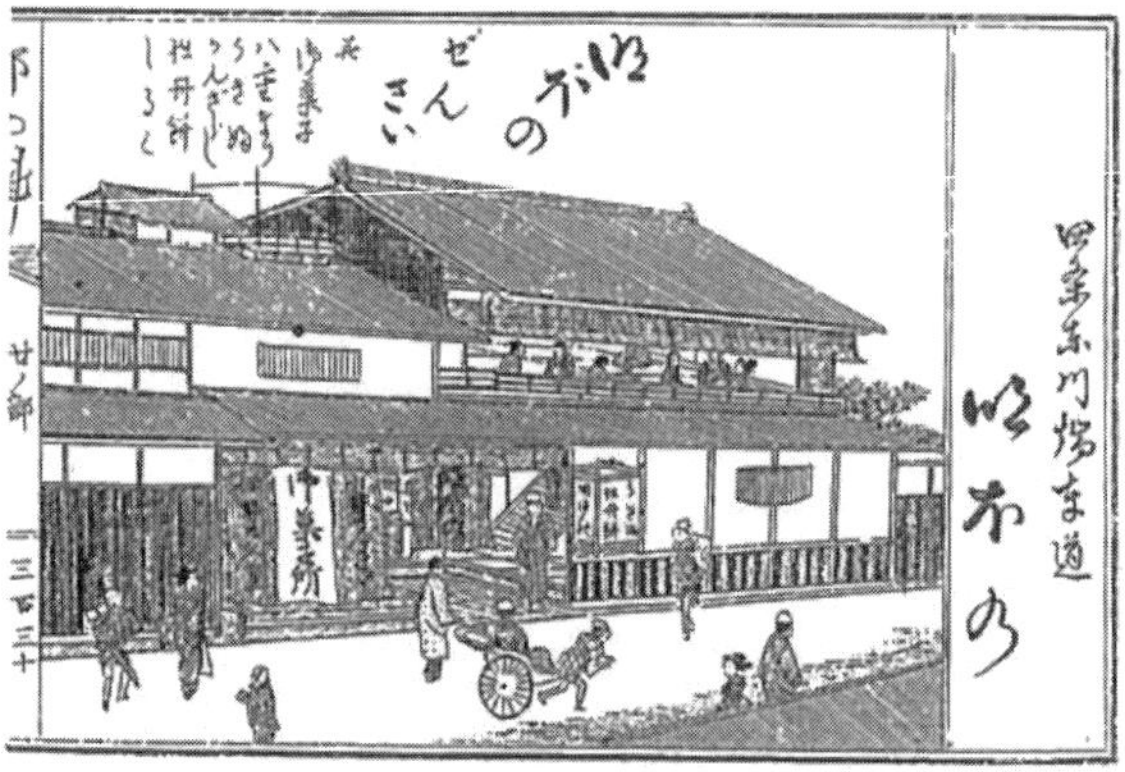

四条東川端東道

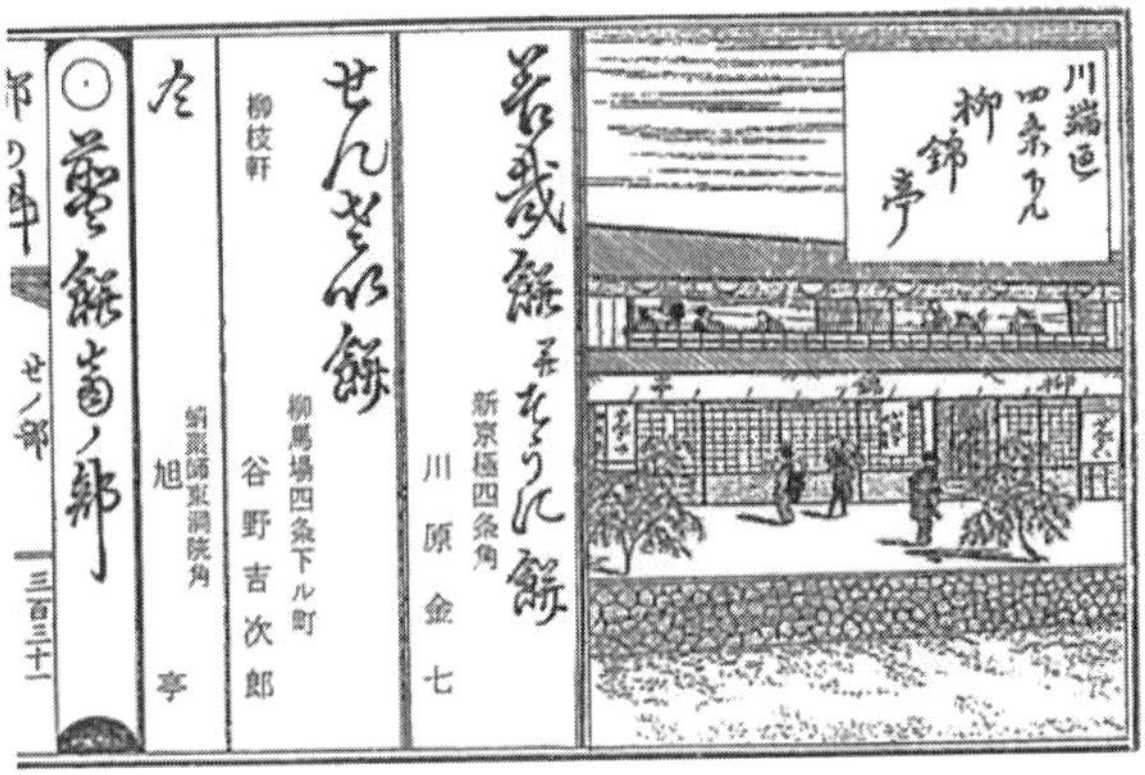

川端通四条下ル柳錦亭　善哉餅　ぜんさい餅

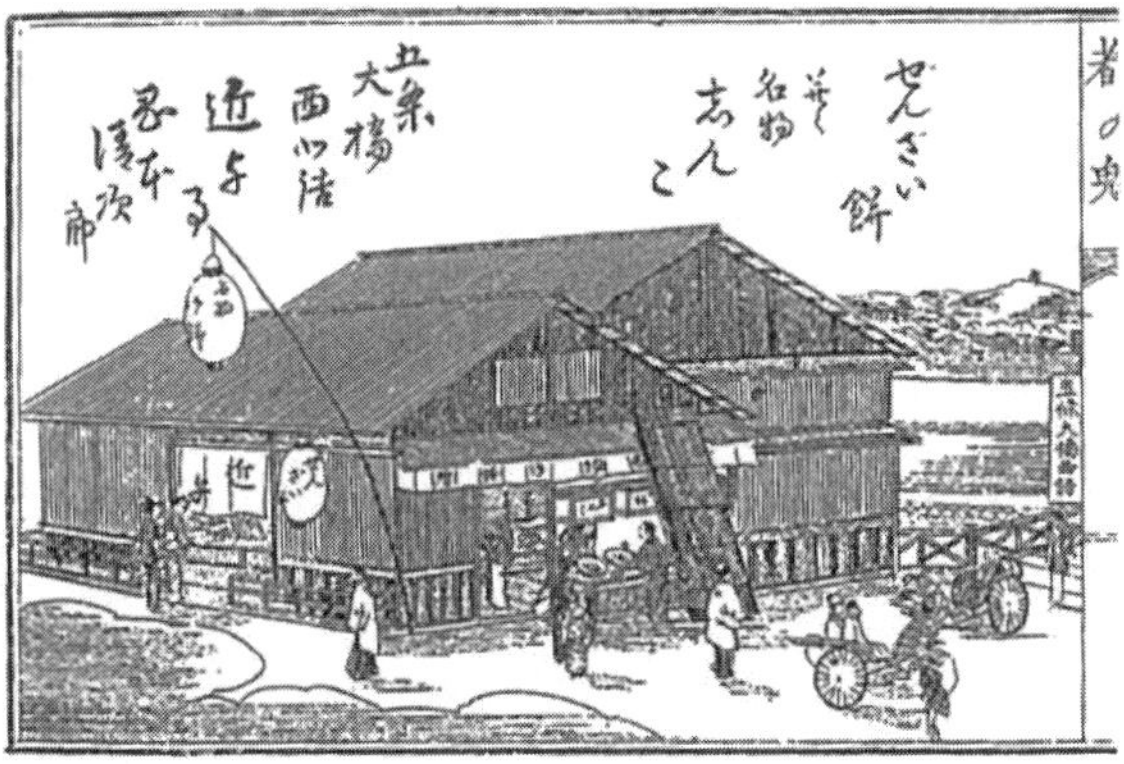
五条大橋西詰　ぜんざい餅　名物志んこ

としても、「京都」「赤い」「ぜんざい」の線は繋がるであろう。明治時代に屋台でぜんざいを売っていた記録はなくはない。しかし、軒に提灯を掲げたぜんざい屋が連なるという設定は京都では無理があるのではないか。なぜならば、筆者が「虎屋文庫菓子資料室(14)」に問い合わせたところ、江戸期にもぜんざいの記載はみつかりません、との返答を得た。また、京の菓子司「末富」の当主である山口富蔵氏からは、「しる粉とぜんざい共に同じ意味で使われていましたが、昔は砂糖でなく塩餡のものでした。うちの「懐中ぜんざい」は暑いときに熱いものを食べ、食あたりをふせぎ、身体に良いと古くから言われてきたもので夏季限定のお菓子です。懐中とあるのは旅行にも懐にしのばせて行けるよう、餡を乾燥させ、もち米を用いて煎餅状にしたもので包む。明治十年以降でしたか、亀末広で考案され、祖父がのれん分けで貰い私が形を変えて作っています」。さらに、「昔からぜんざい屋というのはあまり聞きませんね。」とのことであった。あずき粥を焚くような感覚でめいめい家庭で作ったものだからである。この件はやはり漱石の創作としか考えられない。

5　「への字烏」「くの字烏」

漱石は造語を頻繁に出すことでも知られているが、「への字」「くの字」とは、首をかしげる読者は多いのではなかろうか。

暁は高い欅の梢に鳴く烏で再度の夢を破られた。此烏はかあとは鳴かぬ。きや、けえ、くうと曲折して鳴く。単純なる烏ではない。への字烏、くの字烏である。加茂の明神がかく鳴かしめて、うき我れをいとゞ寒がらしめ玉ふの神意かも知れぬ。

加茂の社に住む八咫烏《やたがらす》(15)は三本の足をもつという。もとより神話であるから実際に見た者はいない。「余」がその時、暁に聴いた烏の声は、現実の烏に過ぎないが、漱石は「加茂の明神がかく鳴かしめて」とその神意に敬意を表しているのであろう。ただの烏であっても鳴き声は「きや、けえ、くうと曲折して」いる、とあるところに加茂の烏の特異性を描いたと思われる。

この件について落語の文献に当たってみたが、該当するものはなく、期待外れであった。しかし明治四十年三月二十八日の日記に注目すべき記載がある。彼が京都に着いた日が同じく二十八日、とすると最初の夜に、日付は次の日になっていたはずだが、こう書き留めている。

五項のうちの四のみを引く。

○暁ニ烏ガ無ク。への字ニ鳴きくの字ニ鳴く

此処にカギがあるのではなかったか。「への字ニ鳴」くは、たとえば落語家が口を大きく開けて声を出し、声色を使うことだ。「きや、けえ、」と声に出すと、口は「への字」になる。「くう」と口先を尖らせて声を出すと「くの字」になった。実際に彼は声を出してこの鳴き声と「字」を確かめたのではなかっただろうか。

口を大きく開き、本文を朗読するうちに、咄家のリズム感をもった漱石の文体が生き生きと体感されるのである。筆者のささやかな実体験を以て、加茂の「への字烏」「くの字烏」の鳴き声を考察した。

結び

『京に着ける夕』は、このように読解することができるならば、漱石は落語的発想を以てこの小品を書きあげたということができるであろう。人は皆一人ひとり他人とは解り合う

とのできない孤独を生きている。古典の寄席・落語はそういう底知れぬ孤独に耐えて生きる我々に、時にはしばしの慰めとなり、時には人生に意気を感じさせるきっかけをもたらしてくれる。

漱石が落語を好んだことは、彼自身が孤独の中にあって慰められ、生きる意欲をここからくみ取った時があったからであろう。

雅びと俗の表裏となった文化を有する京都、そのような俗空間を共有することにおいて二人の文豪が交差し、小品『京に着ける夕』に息づいている点を見逃してはならないのである。近代文明にひた走る喧噪の東都と対比する為に「昔のままの静かな古都」を彼は創作を交えて描いたのだ。

『京に着ける夕』は、新聞『日本』の記者として、志半ばに病に倒れた子規への"餞《はなむけ》"であると共に、朝日新聞社に入社し、「職業作家」としての新たな未来への出発をみずからに課した漱石の、たしかな決意の表明でもあった。

本稿は佛教大学国語国文学会『京都語文』第二十号（二〇一三年十一月）に掲載されたものである。その一部分を修正して転載させていただいた。佛教大学の先生方に深く謝意を表したい。

注

（1）岡三郎『夏目漱石研究　第三巻「虞美人草」と「京に着ける夕」の研究』（国文社、一九九五年十月）

（2）平岡敏夫「「虞美人草」論」『漱石序説』（塙書房、昭和五十一年十月）。（初出『日本近代文学』昭和四十年五月）

（3）二宮智之「夏目漱石『京に着ける夕』論――〈鶴〉の表現と正岡子規との関わりを中心に――」（『日本近代文学』第七十二集　二〇〇五年五月）。

（4）佐藤良太「夏目漱石『京に着ける夕』論――〈近代以前〉への憧憬――」（『佛教大学大学院紀要文学研究科篇』第三十七号、二〇〇九年三月）

（5）『漱石全集』第二十二巻　書簡上　二八頁（岩波書店、一九九六年四月）

（6）水川隆夫『増補漱石と落語』（平凡社、二〇〇〇年五月）

（7）談話「僕の昔」『漱石全集』第二十五巻、岩波書店（初出『趣味』明治四十年二月十日）

（8）談話「正岡子規」『漱石全集』第二十五巻、岩波書店（初出『ホトトギス』第四巻第四号、明治三十四年一月）

（9）『子規全集』第十二巻（講談社、昭和五十年十月）（初出『ホトトギス』第二巻第十二号、明治三十二年九月十日　※表題の下に「落語生」と署名がある）

（10）音源：桂米朝 1991/06/10　米朝落語全集（MBS）

（11）「漱石山房蔵書目録」和漢書Ⅳ小説随筆類『江戸の落語』関根黙庵編　服部書店　明治三十八年（『漱石全集』第二十七巻、岩波書店、一九九七年）

（12）暉峻康隆『落語の年輪　江戸・明治篇』（河出文庫、二〇〇七年十一月）

（13）桂米朝『上方落語ノート』（青蛙房、昭和五十二年十月）

（14）虎屋が昭和四十八年東京に創設。同志社女子大学図書館に一部マイクロフィルム有

（15）下鴨神社ウェブサイト「神話伝承」「賀茂建角身命・八咫烏伝承」は、『古事記』『日本書紀』を出典とする。下鴨神社の祭神賀茂建角身命は八咫烏の化身であり、三足烏が八咫烏《ヤタガラス》と呼ばれ神武東征において神武天皇を導く役割を与えられている。神社を離れて見渡せば日本サッカー協会、陸上自衛隊情報館などシンボルマークに使用されたヤタガラスもある。

Ⅲ

「心」によせる茶会

十月二十日頃から十一月二十日頃にわたるのが旧暦の神無月である。和名は神の月の意という。世間では神不在の月ともいわれており、神様が出雲の国へお帰りになったからだと伝承されてきた。

近年は台風による風雨の被害が全国各地で深刻な事態となり、信仰のお山であった筈の御嶽山の爆発等々、天災及び人災の悲惨な現実は目を覆うばかりだ。

それでもこの季節には古来、茶道で「侘び」という世界がある。熱気の夏が終り光かそけく自然は「滅び」の静寂へと移ってゆく。

茶道界の末席に連なっている私は、利休の師であった武野紹鷗《たけのじょうおう》(一五〇二—一五五五。堺の茶人。号一閑居士・大黒庵。村田珠光の孫弟子にあたり、侘びの境地を確立、門弟に千利休・津田宗及・今井宗久らがある）の「侘びの文」をこの季節にしみじみと読み直し、苦境にある方々に何のお力にもなれないのは心苦しいが、そのことを忘れない為にも紹鷗の文をあらためて書き写そうと思った。

そして夏目漱石「心」百年の今年に、ささやかな茶会を催し縁ある方々と一ときを過ごしたいと思った。十月七日に催された漱石の「心」によせた茶会は多くの方々の心をお寄せいただいた。

お家元には「物外心」と揮毫された扇面を頂戴した。出典である廬山外集「十年枕上塵中夢半夜燈前物外心」というよりも、むしろ紹鷗を念頭にされて選ばれたのではないかと私はひとり想像し感動したのであった。漱石も「噪《さわ》ぐ気色もなく、物外に平然として」（「それから」五の四）とこの「物外」の語を使っている。世俗の外という意より重く、物質界を超越した世界ということか。

また、本席床の一行は、お父君である裏千家第十五世大宗匠の「寂然不動心」。思えば、昔、勿体なくも箱に「呈上」と書かれ賜った軸物であった。この「動ぜぬ心」は易経からと聞くが、茶道の和敬清寂の寂の境地でもあろうか。私は席中、この二つの床の禅語の心はわれわれが理想とする世界で、漱石の「心」は現実の人間のエゴイズムを見つめる世界かもしれないと、その対比を話題に客人と気ままに歓談した。

床柱に掛けた花は、陽明文庫の名和さん夫妻のご配慮で、秋の山に生い茂る山野草を頂戴したものである。枯れかけた薄、漱石の好きだった野菊、上臈ほととぎす、ありがたかった。

お菓子は、「先生」の奥さんの名をもつ、銘「しづか」。先生の望んだ「純白な記憶」を、末富の山口富蔵さんが見事にふっくらと作って下さった。十一席、二百名弱の客人の方々に召し上がって頂いた。一保堂の濃茶で点てたお薄も喜んで頂いた。

京都漱石の會会員の方々と、その内外の友人らの協力により、茶会が成就したことに、心から感謝をささげる。米国からも三人も手伝いに駆けつけて下さったことも付記したい。

「心」において漱石は、次世代の若者に、真面目という事と譲る心とを贈ろうとしたのではなかっただろうかとあらためて思う茶会であった。

平成二十六年十月七日（火）大徳寺玉林院常楽会

紹鷗侘ノ文「心」をおもう

主　丹治　宗津

本堂西の間　待合

床　扇面　坐忘斎家元筆　燈前物外心

傍らに　夏目漱石『こころ』初版本写

洞雲庵　本席

床　鵬雲斎大宗匠一行　寂然不動心

香合　木彫鷗香合　認得斎在判　春斎造

花　すすき　野菊　上臈《じょうろう》ほととぎす

花入　筒形飴釉　大宗匠箱　九代大樋長左衛門造

水指　古清水写　柴垣文　大宗匠箱　尾形周平造

切掛風炉・釜　朝鮮風炉　釜・眞形
薄器　平棗　時代秋草蒔絵　淡々斎箱
茶杓　淡々斎作　句銘　時雨
飛石をぬらしてすぎぬ　初時雨
茶碗　黒　平　左入造　銘　祥雲
替　金海　猫掻き手　宗中箱
替　淡々斎好　七仙寿　七十ノ内共箱　永楽造
蓋置　竹　圓能斎作　在判共箱
莨盆　黒柿
火入　フランス
菓子器　縁高
茶　幾世の昔　一保堂詰
菓子　しづか　末富　製
数茶碗　真葛造　ほか　オレゴン焼など

茶道が結ぶ日本とハワイの絆

二月十八日は「一粒万倍《いちりゅうまんばい》」日だ。中国の旧い暦では、大安と同じように易にもとづき、各月ごとに幸いを生む日が決められている。辞典によれば「一粒万倍」とは、一粒の籾《もみ》が万倍にも実る稲穂になるという意味とのこと。「一粒万倍」日は何事を始めるにも良い日とされ、特に仕事始め、開店、種まき、お金を出すことに吉であるとされている。

そんな「一粒万倍」につながる誘いがあった。

サンフランシスコに住む、茶道の友人萩原仁子さんから、ハワイでとても大事なお茶のイベントがあるのでぜひ来てほしいと。話を聴いて直ちに「よろしく！」と返事したのは昨年の秋のこと。大事なお茶のイベントとは「鵬雲斎千玄室大宗匠ご渡航六十五周年　並びに茶道裏千家淡交会ハワイ協会六十五周年記念大会」というもので、昭和二十五年、大宗匠がハワイで初めて点前をされたことを機に裏千家淡交会ハワイ協会が設立され、六十五年を記念するイベントでもあった。「道の親」とも尊敬し、かけがえなく、大切な存在であられる千玄室大宗匠の記念行事に参席できる！　わたくしの心は躍った。

二月十八日に日本航空の直行便でハワイに飛び、初めてのホノルルに単身降り立った。ホノルル空港では仲間が東京から着き、その方の案内で一緒にタクシーで指定されていたハレコワホテルに投宿。ここは米軍専用のホテルで軍関係の人しか泊まれないのだが、私は、仁子さんの夫君が元米海軍将校であるお陰で泊まることができた。

記念行事は三日間にわたって行われ、私は「北米 USA」の名札を首にぶら下げて参加した。以下、日を追って、私の参加した行事について報告したい。

二月十九日（金）

初日は、ホノルル市内のセントアンドリュー大聖堂において「平和祈念献茶式」が行われた。

大宗匠は、堂内に入られると大きな聖水の鉢の前に進まれ、懐中から小さい紙片を取り出され、聖水の上にかざすようにして拝み、再び懐中に仕舞われた。きっと登三子奥様の

お写真であったに違いないと思った。献茶式の後、演台に立たれ、「妻はカトリックの洗礼を受けていました」と話をされた。次にブラウンリッジ牧師とジョージ有吉元ハワイ知事と、お二方の感動的なスピーチが続いた。わたくしは特に、有吉元ハワイ知事の「一九五〇年、二十六歳の日本の青年が此処ハワイの地を訪れ、茶道の一粒の種を蒔きました。その種は広大に実り、六十五年後の今世界の平和に寄与しています」というお言葉に、深く心打たれた。

　昭和二十五年といえば敗戦後僅か数年であり、当時二十六歳、特攻隊帰りの若宗匠はホノルルの畳のない会場に上敷きを敷き、長板の点前をされていた。そのときの貴重な写真がハワイ日本文化センター内に飾られていたのを私はしかと見ることができた。

二月二十日（土）

二日目は、記念茶会が星光庵で行われ、私は北米席（濃茶席）に参席させていただいた。仁子さんが長板濃茶点前をされ、かつての若宗匠のお点前の京焼皆具をそのまま使用して、無心にお点前をするのを、私は茶室の隅で目を細める思いで拝見した。

その後、淡交会ハワイ協会席（薄茶席）が裏千家ハワイ出張所内の汎洋庵で開かれ、私は正客に推されていたため挨拶をした。また、ハワイ大学茶道部による香煎席とみどり会同窓会の薄茶席が、ハワイ大学内の寂庵にて営まれた。深山幽谷を感じることの出来る設計・建築には感銘を受けた。

この日の夜、ハワイ日本文化センター内で行われた点心席では、在ホノルル日本国総領事館と茶道裏千家淡交会ハワイ協会の共催で、ディナーレセプションが催された。領事館の戸外のテントの中での、アットホームなパーティであった。軽快なハワイアンの調べに友人と手を取ってステップを踏んだのも何十年ぶりのことか。

二月二十一日（日）

最終日は、記念式典としてハワイ大学・ケネディ・シアターでの和合献茶式とシェラトン・ワイキキ・ホテルでの大宗匠主催の午餐会が開かれ、約六百名の方が参加。三日間のイベントは大盛況のうちに幕を下ろした。

実は、今回の旅で、京都から手さげ袋の中に一つ薄茶器をしのばせていた。玄々斎好の「徳風棗（一粒万倍）」である。明治時代にできた本歌ではなく写しではあるが、棗の底に淡々斎の花押がくっきりとある在判共箱。今回、旅行中使用することはなかったのだが、

大宗匠の現在のお姿をご先祖の玄々斎、お父君淡々斎がどれほどお喜びになられるか、と思ったからであった。道具とは道の具と書くが、「平和祈念」の心を体現したお道具こそ尊いのではないだろうか。思いを込めて、四月七日大徳寺塔頭玉林院で行われた、ささやかな私のお茶会で道具組をさせて頂いた（次頁）。

四月　茶会記

平成二十八年四月七日　大徳寺玉林院常楽会

席主　丹治　宗津

待合床　京都百景　茶道千家　徳力富三郎画

本席　床　夏目漱石　直筆俳句扇面掛物

たく駝して石を除くれば春の水　漱石

花

花入　竹　釣舟　玄々斎作　銘　藤浪　在判共箱

香合　蛤　花に雉　坐忘斎家元在判箱　宗哲造

釜　古天猫

炉縁　玄々斎好　桐蒔絵　淡々斎在判箱

水指　草花文様　薩摩　淡々斎箱　沈寿官造

眞塗　丸大板　宗哲造
薄器　玄々斎好　徳風棗　淡々斎在判箱
茶杓　鵬雲斎大宗匠作　銘　寂
茶碗　光悦写　黒　銘　花ころも野崎幻庵造
替　金海　猫掻き手　鵬雲斎箱
替　歌入り手づくね　この君はめでたき　蓮月造
蓋置　圓能斎　竹一双の内　在判　共箱
建水　蓮月造
莨盆　鵬雲斎好　桑手付　火入　絵高麗
菓子器　黄交趾　雲錦模様　善五郎造
蓮月尼　和歌入り　足つき葉皿
やどからぬひとのつらさをなさけにて
おぼろつきよの花のひとふせ

また今回のハワイ旅行では、もう一つ思わぬ収穫があった。それは、明治維新以降、ハワイと日本との浅からぬ絆について知ることができたことである。

布哇《ハワイ》と日本の結びつきを調べると、一八八一年、世界一周旅行の最初の訪問国として来日した国王カラカウアは、明治天皇に謁見した際、ハワイ王国の安泰のため日本とハワイの連邦化を提案した。その時のカラカウアからの提案は次の通り。

・日本・ハワイの連邦化
・日本・ハワイ間のホットライン敷設
・日本主導によるアジア共同体の創設
・カイウラニ王女と山階宮定麿王の縁談
・同じ有色人種である日本人のハワイへの移民促進（当時のハワイは西欧からもたらされた疫

病により、原住民の人口が激減していた）

日本政府はアメリカとの対立を避けるため、これらの提案を「良友睦仁」の御筆の入った親書をもって丁重に断った。しかし、移民の促進に関しては問題がないと考え、一八八五年には日布移民条約が締結され、官製移民団が組織されるようになった。官製の移民は一八八五年から一八九四年まで続き、総計二万九千三百三十九人の日本人がハワイに渡っている。

一八九三年のクーデターの際、明治政府は「在留邦人保護」を名目として、巡洋艦「浪速」（艦長・東郷平八郎大佐）、帆走コルベット「金剛」をホノルル港へ派遣し、米艦ボストンの真横に投錨して新政権を牽制した。これは王国政府側からの要請であったという説もあり、それを裏付けるかのように東郷は新政権を完全に無視し、リリウオカラニ女王の側近とのみ接触している。

カラカウア王が死去すると、リリウオカラニ女王から王の指示でイギリスに留学していたカイウラニ王女が王位継承権第一位を指名される。一八九三年にクーデターが起こってハワイ王国が滅亡すると、英国留学中だったカイウラニは渡米してクーデターの不当性を訴え、グロバー・クリーブランド米大統領との面談に成功し、徹底調査するという約束を取り付けている。

ところが、一八九七年十一月、カイウラニ王女は八年ぶりにハワイに帰国するものの、一八九九年、二十三歳の若さで死去してしまう。

一九九三年十一月、アメリカ合衆国議会はハワイ併合に至る過程が違法だったと認め、公式に謝罪する両院合同決議が採択され、ここにハワイとアメリカの不幸な関係に終止符が打たれた。

また、ハワイの王へ「良友睦仁」と署名された明治天皇にも思いを馳せると、京都洛北西賀茂の神光院に隠棲し、和歌を詠み、陶器を焼いて余生を過ごした幕末の女性歌人、太田垣蓮月尼が明治二年に詠んだ短歌を思い出す。

この君はめでたきふしを重ねつつ末の世長きためしなりけり

蓮月の詠む「君」は明治天皇のことだ。人間の尊厳と平和を希求した明治天皇の厳しい尊顔が浮かび、かつまた優しいお心づかいが伝わってくる。思えば、夏目漱石は平民、玄々斎は武家の出自だったが、それぞれに自立の思想と気概、人としての優しさ、それに加えて溢れるばかりの創造的能力を持って、明治維新以降、近代国家に生まれ変わろうとする日本の文化の基礎を築きあげた。そして、こうした人たちの力で生まれ変わろうとした日本という国を、心から敬慕したアジアの人たちがいたことも確かなことなのだ。

その後、日本が道を誤った故に、アジアの人々に多大の犠牲を強い、不幸な戦争の傷跡を各地に残すことになってしまったことが残念である。にもかかわらず、不幸な戦争が終わって直ぐに、太平洋を越え、真珠湾の負の記憶が生生しいハワイの地を訪れ、「和敬清寂」の種を蒔いた一人の日本青年がいた。青年であった千玄室大宗匠、その風姿、その立ち居振る舞い、言の葉は、まさに「一粒万倍」の徳風に満つ！ ものであった。

二つのメモリアル

雨が多いためか樹木が高々と生い茂り、どこか京都御所の緑を思わせるオレゴンの町を思い出している。オレゴンは初めて行ったアメリカだ。ヨーロッパは夫が勤務先の大学から海外研究でイギリスのケンブリッジとウィーンに行ったので、私も一、二ヶ月滞在した。そんな日々も遥かな昔になった。

今年一月三十日、漱石の孫である陽子・マックレイン氏の長男であるケン・マックレイン氏から今は亡きお母上を「偲ぶ会」の催しのご案内を和英両文のメールでいただいた。かねてより陽子さまが「オレゴンの自宅にご主人とご一緒においでください」といわれていた記憶と重なって、身の程も考えず（夫は賛成しないので）一人で出席する決心をしたのであった。

「亡き母を偲ぶ催しを」と和文には書かれていたが、英文では「ライフの祝祭」とあった。一生を終えたその人生を讃えるお祝いという概念は日本にはないと思う。

そして、期日は「2012年5月13日、日曜日　午後2時より、オレゴン大学にて」とある。じつはこの日がアメリカにおける「母の日」で、ケン氏は母上からもしもの時には偲ぶ会をこの日にと、生前から言われていたようだったと、後でお聞きした。

一年でもっとも美しいとされる初夏のオレゴンを訪問するに当たり、あらためて昨年十二月九日の漱石忌に、京都漱石の會有志の方々の浄財約二千百ドルをオレゴン大学内陽子マックレイン基金に送金したことを思い起こした。異国の大学において日本学の基盤をつくられた先生へのささやかな感謝の贈り物であった。

渡米前、ケン氏からはユージーンヒルトンホテルなら日本人スタッフがいるのでと勧められ、思い切って四泊五日の予約を入れた。日本のように高価ではなく、円高のメリットもあるのだろうが、それでも懐具合を考えない無謀さには我ながら呆れてしまう。格安航空券は危険だと注意してくれた夫の寛容があればこその無謀である。

偲ぶ会に行くのなら陽子さまとご参加の方々にティーセレモニーと呈茶をさせて頂ければと考え、ケン氏と何度かメールで打ち合わせをした。その上で、カリフォルニアに米軍

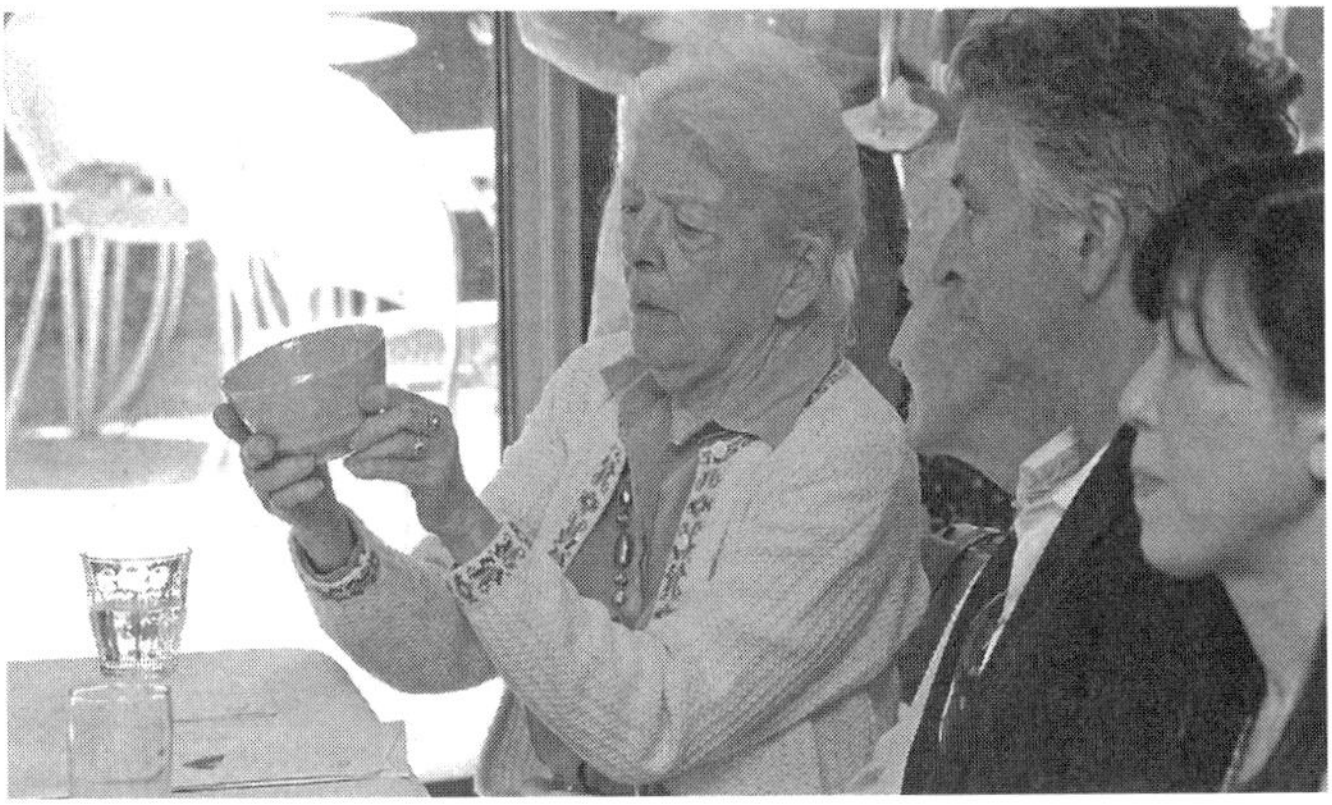

将校の夫君と幸せな家庭を築いている友人に、「簡略な茶道具でも持って手伝いに来て！」とメールを打った。私は末富の干菓子五十人分のセットと、一保堂の抹茶、そして陽子さまの直筆の短冊、茶杓などを持参して現地に着いた。

そして、友人は偲ぶ会の前日、六人乗りの大型バンに茶会用道具一式、さらに弟子二名も連れて片道十時間をかけてやってきたのであった。さっそく彼女たちと当日の午前中に大学構内の美術館へ向かった。大学職員の方々のお力添えもあって茶席の用意万端手際よく、美術館ホールが立礼の大茶席に変貌した。持参した若冲の黒い大風呂敷を二枚壁面に貼り、京都の雰囲気を演出した。


いよいよ午後二時、大学の古風なホールで式典がはじまった。ハープの荘重な調べの中に渡されたプログラムを見る。表紙の版画が日本的だ。その版画はポピーの図。なんという偶然であろう！　われらが会報の名、虞美人草と同じとは。

そして、北斎（一七六〇～一八四九）の辞世の句が書かれている。

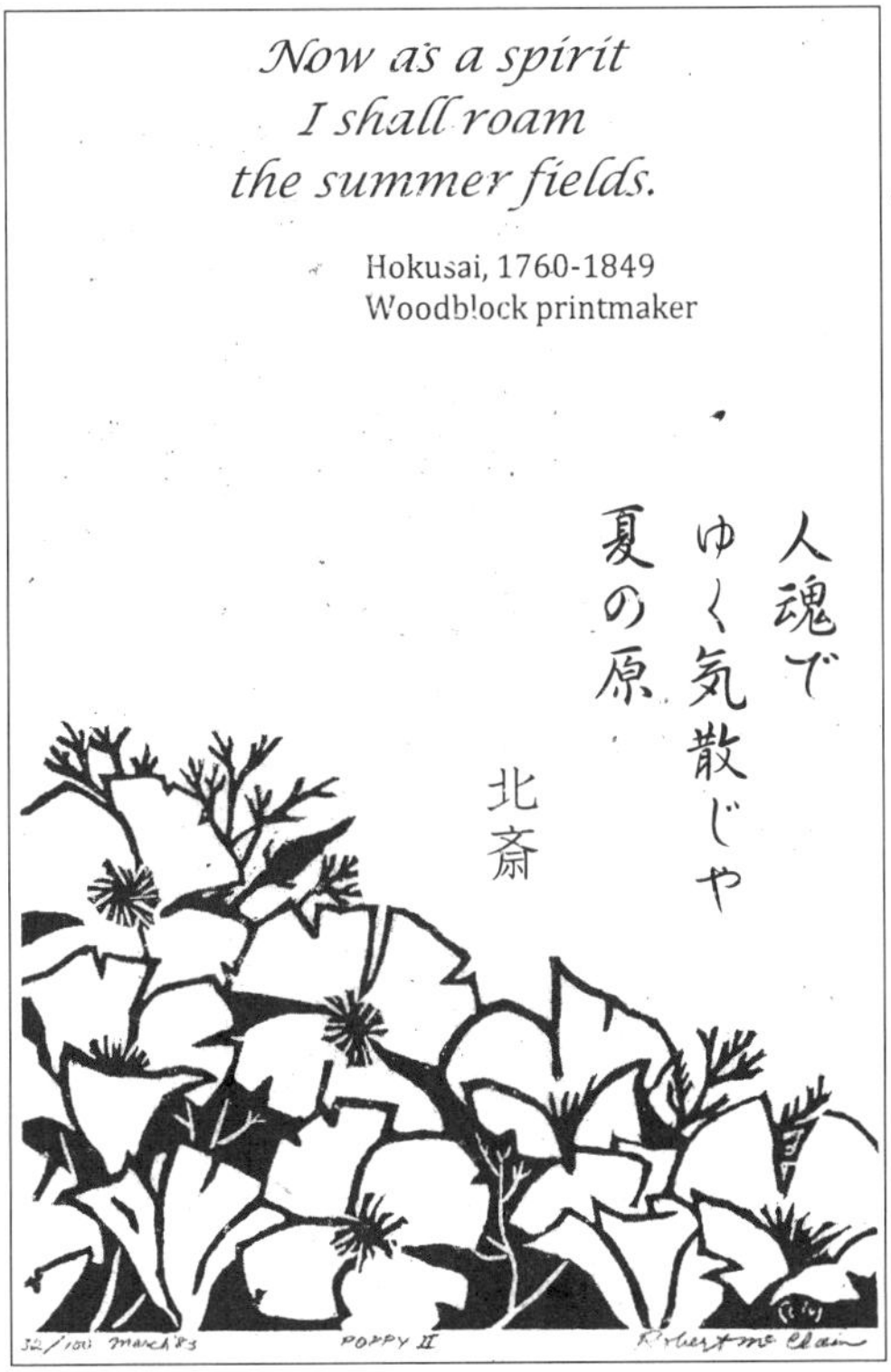
Now as a spirit
I shall roam
the summer fields.
Hokusai, 1760-1849
Woodblock printmaker
人魂で
ゆく気散じや
夏の原
北斎
POPPY II

人魂《ひとたま》で
ゆく気散じや
夏の原

北斎

この世とおさらばしても、ひとだまとなって夏の野原を気晴らしに飛んでいこうか、との意味であろう。ケン氏は母上が作られた父上ロバート氏のメモリアルプログラムを参考にされて、これを作られたのだという。北斎の世界がカラっとしてアメリカの開放的な空気によく溶け込んでいる。

式典が終わり、大学の広大な庭から美術館へ移動。私たちの茶会がはじまった。最近文学博士の学位をとったという友人の弟子が私の点前の傍に立って、茶道の歴史を話している。大学関係者の多い出席者に丁寧にお運びをする友人萩原仁子さん、それぞれが和の喫茶を楽しんでいる様子にほっとし、陽子さまはこの茶会を喜んでくれただろうかと思いを馳せた。

後日陽子さまが亡き夫君を偲びつくられた旧いプログラムをケン氏が送って下さった。

立花北枝は加賀の研刀師であったが芭蕉門下の俳人として知られている。よく見るとこの毛筆の書は陽子さまの直筆である。版画家の夫君ロバート・マックレインが描いたり消したりしながらけしの花を完成させた情景を、北枝の句によって再現されている。

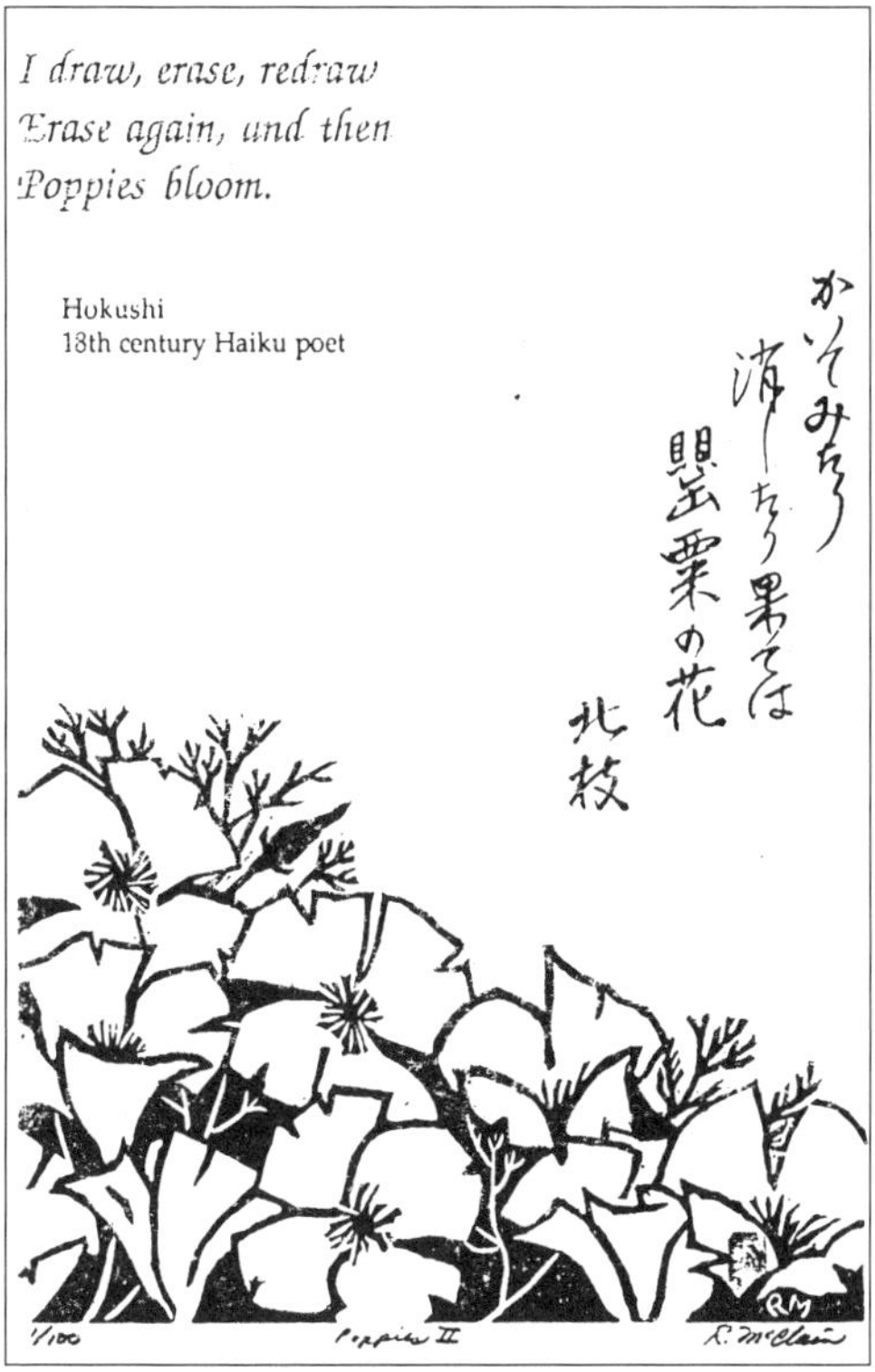
I draw, erase, redraw
Erase again, and then
Poppies bloom.
Hokushi
18th century Haiku poet
かいてみたり
消したり果ては
罌粟の花
北枝
1/100
Poppies II

かいてみたり
消したり果ては
罌粟《けし》の花
北枝《ほくし》

ケン・マックレインさん、マリアさんご夫妻
京都にて

日本ではひなげし、中国では虞美人草の名であるポピーの花は、ローマ神話の眠りの神ソムヌスが、大地と穀物の女神ケレスに贈った花とされ、ポピーが大地を深く眠らせることで、次の年の豊かな収穫が約束されるという。花に対する感性は国により人によりずいぶん違うように思われる。

けれども版画と俳句という日本の伝統文化を尊重されたマックレインご夫妻の志とそれを真摯に受け継がれたドクター・ケン氏…。私はしばし瞑目した。

普請の思い出

1

吉野櫻の花らんまんと、若みどりに映える枝垂れ柳——。

兜門の宗家の真向かいに建つ石の門は、裏千家茶道研修所の学舎《まなびや》に入る門であった。

形は小さくても初めての茶道大学が創立されたと巷で噂されていたその研修所に、私が入学したのは昭和四十一年の春。そして五月には今日庵第十五世千宗室家元継承記念茶会が行われ、私もお手伝いさせて頂いたのを覚えている。

各界の高名な先生方が講義におみえになっていたなかに、二人の中村先生がいらした。日本歴史の中村直勝先生は老大家。中村昌生先生の方は「お若いのに茶室の研究で工学博士になられた方だそうな」と、先輩達がささやき合っていた。

創立者である鵬雲斎お家元は、戦後日本の精神的風土の復興と革新の志に燃える若武者のようであった。『禅茶録』をみずから講じられたこともあり、忘れがたい。

建築の時間も楽しかった。宗家の由緒ある露地と建物のたたずまいに触れ、その中にこもる茶の精神を思い、また複数の社寺の名跡を探訪し、和風建築の何たるかを学生達が感じ取るように、中村昌生先生の授業にはやさしい配慮があった。

一年二年と過ぎ三年目の或る日、私は一つの個人的な依頼をすることになる。京都市内に曾て親が購入していた土地があり、そこに数寄屋住居を建ててはどうかという親の意向である……実家では先祖伝来の別の土地を売却して建築資金を作るという……。私は先生に事情を説明し、設計をお願いしたのであった。後日、「お手伝いしましょう」とお返事を頂戴し、胸の高なりを覚えた。

茶の建築では建築当事者の見識が最も重要だと、私は学んでいた。そして先人達の中で淘汰され、洗練された伝承の重みがあることを信じていた。当時、茶室の御研究等で活躍されていた先生は、実際の建築家としては未知数の方ではなかったかと思う。

茶道の或る大先生は「ああいう学舎の先生は、茶室の寸法が幾らとか調べるのが御専門で、家を建てる人ではないわな」と、バッサリ斬られたのを思い出す。理論と実際という問題に、私は思った。使い勝手なら私で分かることだ、茶の実技面は業躰先生方に教わってきた。主張すべきは、正々堂々と主張しよう。それを受け容れて頂かなければ……とあつかましく考えていた。

2

普請する位置は、松の木が林立するある天皇陵に隣接する一角、二方が角地になっている場所である。北を望めば左大文字山から衣笠山へとなだらかな山並みが続いている。当時、この周囲にはまだ田圃も残っており、蛙の鳴き声がきこえるような土地柄であった。ここに囲いを作る。先ず私は必要とする間取りや希望を具体的に申し上げた。

圓窓のある持仏堂、茶の歴史で学んだところの「書院台子」の八畳間、「心の至る所は草の小座敷にしくことなし」と利休居士が言い遺された小間、茶事が可能な動線、そして要は人が住む家であること、私は住人の立場で、下手な平面図をかいてお見せしたこともあった。無学な若輩の身でよくもまあという気がしないでもない。

或る時、私は「先生は茶室に何を望まれますか」と、尋ねたことがあった。先生は、「それは求道《ぐどう》ですね」と、お答えになった。その時私に茶室が見えてきたように感じた。このような土台があって私は創作の茶室をお願いし、それは実現したのである。

施工者を決める段階で、「家元出入りの人がいいでしょうから」と、紹介されたのが中村外二棟梁であった。名木を所有する非凡な事業家という印象だった。普請は本来多くの人の手による合力の所産である。

着工から落成までの一年有余、お世話になった外二棟梁も今は亡く、当時丸太の面付《つら》けのことで先生と意見のくい違いがあったことなども、懐かしい思い出となった。

3

施主は私であって私ではない。まことの施主は亡き祖母シツノと、母植田壽子《ひさ》であった。実家は何代か続いた旧家であったけれども、戸主の早世や戦災等の逆境の中、お茶をたしなむことによって心の安らぎを得たようであった。その深く沈潜した茶道への思いが、生来病弱の娘の私へ、夢を托するかたちで、身分不相応なこの数寄屋普請という贈り物になったのであろう。

翌年、小間の茶室には、御家元から「養壽庵」（その道を修めて壽《じゅ》を養《やしな》う〈『史記』〉に由来する）の庵号を賜り、御染筆の扁額を掲げる光栄に浴したのであった。

はじめに茶道研修所があった。よき出会いがあった。
中村昌生先生の初心がふつふつとたぎっているような茶の建築――それは謙虚な心から此処に生まれたのではなかっただろうか。発心ということにおいて初心は、何ものにも勝る宝と言われた禅の老師がある。
佗び茶の演出ではない、佗び茶を求めて、私がこの庵のまことの住人になれるのは、いつの日であろうか。

ドラという名の日本猫

1

胴長短足といえば日本人の体型で、猫には当てはまらないという人もいるが、実際この眼で確かめた近所の洋猫はシャムとかペルシャとか四本の足が長いのだ。長い手というか前足では喧嘩になった場合短いほうは不利である。

あっという間に長い前足の爪でひっかかれ傷を負ってしまう。輸入ものの猫をうとましく思うようになっていったのは、雑種の日本猫がわが家に住みついたからである。

生後二ヶ月の黒白の子ネコがわが家にやってきたのは、私のひとつの煩悩の結果だった。

広告を主としたタウン紙がポストに投げ込まれていたのにひょいと眼をやると、

「ネコの子貰ってください。飼育道具一式つけます」

とすみっこに小さく出ていた。まだ見てもいないその子ネコが急に愛らしい姿で目に浮かんだのも不思議だった。

飼い主はトイレ用の箱、人工砂、爪磨き板、ネコ缶六コ、チクワ一袋をつけて当の子ネコを抱いて車でやってこられた。これまでも親猫が出産したらみなそのようにして里子に出し、この子のきょうだいも先だって貰われていったばかりだという。穏やかな母子のおふた方からそうしたお話を聞いた時の情景は、十年経った今も忘れることができない。

2

「この傷は向かい傷といって正面きってやり合ったものだね。相手にもそうとう怪我させとるな」何年か前たしか獣医さんはそう言った。

オスだからとドラという名で呼んでいたが、その為だろうか、とにかく争いが絶えないネコだった。毎日怪我をしては帰ってきた。傷が化膿して手術もした。

子ネコの頃からあまり人になつかないほうで抱くとスルリと逃げた。

機嫌がいい日でもドラは他の猫と喧嘩を止めなかった。相手を威嚇する時の声は高く低くまるで銅鑼を打った余韻のように響いた。年をとった今では以前の威勢はないもののそれなりにしぶい枯れた声で折々やっているのが聞こえる。

わが家はごく小さな藪のなかにある。すこしの野菜や果樹を植え、猫が自由に動きまわるには適した空間がある。ドラがまだいない時にはどこからとなく多くの猫達が集まり、植物が枯れるという被害に困りはてていた。それが家猫が住みつくようになると事は一変した。縄張りの動物本能だろう。侵入するものをみつければ猛然と攻撃・防御するのだ。いま多く人が嘆く猫達による糞被害がまったくないのは、ひとえにドラの身体をはった永年の防御のおかげである。短足の不利を気力と独特の威嚇声でカバーしてきたのはあっぱれとしかいいようがない。

3

近所に篤志家といっていい猫愛護の方がいて、私はその方をセンセイと呼んでいる。センセイは独身のピアノ教師でその自宅のレッスン室をのぞいたら、グランドピアノの下に新聞紙がしきつめられていて老猫が何匹かうずくまっていた。病気と老衰とで垂れ流しの状態だという。管理が行き届いているのでけっして不潔ではなく、においもないのにすこし驚いた。レッスンを受ける生徒たちはセンセイとの信頼関係から、猫の生態、飼う人のありかたをも感じとってゆく。

センセイは野良猫をみると捕らえ、獣医さんに避妊・去勢手術を依頼して代金を払う。仕事から得た収入はこうして地域の環境のために人知れず使われる。地域猫を守ろうというボランティアのリーダ的存在なのだ。

ドラも手術をしている。オスは発情すると新しい野良猫を作る原因になるし遠出して帰らなくなる、その為に去勢をとセンセイから勧められたからである。

4

春には屋根の上で日向ぼっこ、夏には木蔭の草の上、秋から冬の肌寒い時には暖をとるために飼い主の体温を当てにして居間でからだをくっつけに来る。屋根の上にすわって、路ゆく人間を飽きもせず見おろしている。どこか身の不調があれば草を食べては吐き、じっとして独りで癒す。

群れる習性がなく孤独を好むというが、猫は常にみずから行動する。それが自然の「おのずから」に合致していることは、ただ不思議というほかはない。寝る子だからネコと名付けられたと聞いているが、確かに一日の大半は寝て過ごす。安らかな睡眠もあれば、狼の遠吠えならぬ低いなき声をあげて夢のなかにいることもある。

虎はネコ科に属すとはよくいったものだ。

小さいながらも本命は狩猟のために生を受けたのだろう。うさんくささそうに寝そべって半眼にものを見ているようだが、耳は鋭くアンテナを張り、なにかを聞き澄ましている。それでいて、いかにも役たたずのわがままものといった風体なのだ

5

「人間は騙されても猫は騙されません」とはある有名な料理人のことばである。料理、魚肉の鮮度にかけて人は見た日に惑わされるが、猫には通用しないらしい。家でも魚など賞味期限不確かなものは、時々このご指南をあおぐことにしている。

猫のはたらきは人間の浅知恵を超えているのではなかろうか。中世ヨーロッパでは、猫

を悪魔のたぐいと見て殺しまくったという。そのために病原菌を運ぶ鼠が増殖しあのペストの大惨事に至ったというのだ。

日本では他の国とは比較にならないほど発生が少なかったというのも猫あってのことではなかっただろうか。もともと猫は中国から仏教の経典を請来したとき鼠害を防ぐ守りとして、いっしょに渡来したのだ。

この国には三味線という動物の皮をはる楽器がある。楽器をあつかう人から猫皮は上等で犬皮は安いんだと聞き、この点ではよその国より受難の生きものだと思った。伝統音楽・民俗芸能は千年以上ものあいだかれらの犠牲と貢献があってなりたってきたのだ。猫に感謝し慰霊する行事があったことはいまだ聞かない。

センセイは「この子とは相性がいいわ」と言い、「野生が強いな」と言いながら手なづけようとするのだが、近づくといまだにファーっと威嚇の息を吹きかけられる。人がひるむ隙にドラは出されたチーズのかけらをひょいと前足でひき寄せ、数歩しりぞいてから食べるのだ。

センセイは懲りもせずいつか必ずこの手から食べさせて見せると、藪のなかへ心かわらずおとずれる。

あまりの愛想のなさにこの家のあるじは、「お前なあ、昔の人間は一宿一飯の義理ってえものがあったんだぞ」とドラに語りかけるが、猫のほうは後ろ足でしきりに耳を掻いている。

6

センセイがやって来そうな時刻になると、音もなく家をぬけだし、藪のなかの同じ場所の切り株の上で寒い風の吹く日も雪の日もじっと待っていたドラの姿を、私はこっそり見て知っている。


もう三年あまり前の冬のことだ。

センセイは病気で外出できない時期が何週間かつづいた。或る日センセイは自分の家の前に据わり込んでいた猫をみつけ、歓声をあげた。

「ドラ!! 来てくれたの!!」

その時の緊急電話で私はセンセイからこの話をきいた。

しかし、それはたった一度きりのことだった。

「あの子にしたら長年の態度をね、いまさら変えるわけにいかないと思ってるのよ、きっと」

その時はその時。いまだに表向きは無愛想な態度をこのドラ猫はとり続けている。

私は思うのだ。あんたさんはやっぱり日本猫だ。ホンモノの雄はここにいるよ。

落ち椿

十種類あるわが庭の椿は十二月から咲き始め、四月末までに落花してしまう。最後まで咲き残っていたのは「袖隠し」。その昔、或る人が大輪の花をそっと手折り目立つので慌てて袖に隠したという事から袖隠しの名がついたという。

花の散り際には古来、「桜は散る、萩はこぼれる、椿は落ちる」といわれてきた。最近なぜか落ち椿に心さわぐ。漱石の愛弟子・寺田寅彦のエッセイ「思い出草」を思い浮かべながら、落ちる瞬間そのものに遭うことはできなかったけれどスローモーションのようにぼんやりと見届けた。

落ちざまに虻《あぶ》を伏せたる椿《つばき》かな

漱石の句である。今から三十余年の昔、高等学校学生時代に熊本《くまもと》から帰省の途次門《も》司《じ》の宿屋で、この句について ある友人と一晩寝ずに語り明かしたことを記憶している。

この二三年前、偶然な機会から椿の花が落ちるときにたとえそれが落ち始める時にうつ向きに落ち始めても空中で回転して仰向きになろうとするような傾向があるらしいことに気がついて、多少これについて観察しまた実験をした結果、やはり実際にそういう傾向のあることを確かめることができた。それで木が高いほどうつ向きに落ちた花よりも仰向きに落ちた花の数の比率が大きいという結果になるのである。しかし低い木だとうつ向きに枝を離れた花は空中で回転する間がないのでそのままにうつ向きに落ちつくのが通例である。この空中反転作用は花冠の特有な形態による空気の抵抗のはたらき方、花の重心の位置、花の慣性能率等によって決定されることはもちろんである。それでもし虻が花の蕊《しん》の上にしがみついてそのままに落下すると、虫のために全体の重心がいくらか移動しその結果はいくらかでも上記の反転作用を減ずるようになるであろうと想像される。すなわち虻を伏せやすくなるのである。

（寺田寅彦「思い出草」）

寅彦の「瑣末な物理学的の考察をすることによってこの句の表現する自然現象の現実性」をおもうには、わたくしはただ余りに遠く、わが家の庭木の椿一輪、その落ち様を下手な写真に撮ってみた。生のこの最期のすがたに羨望を感じながら……。

花開く袖隠し

落ち椿になる前に三、四枚花びらを落とし未だ下を向く花

色が朽ち色になって土に横向きに落ちている花

私の京都新聞評

第1回　権力への厳しい視点 脈々

二〇一七年十二月十日（日）

夕刊を読むのがたのしみです。まず1面の「三十六峰」。まさに〝寸鉄人を刺す〟コラムです。京都には東山の床しい景観あり、日々共感の一瞬を得ている読者なのです。生活人の目でいえば、十一月十三日の「◆就活氷河期は今は昔。内定辞退、最多の六割強に。売り手市場に中小企業の悲鳴も。」といった指摘に注目しました。

これは十五日朝刊1面の「京滋企業　増益六割」の記事につながる、好景気下の世相を表してもいるのでしょう。年の暮れは明るい話題が何よりです。とはいっても、十八日の

私の京都新聞評

丹治　伊津子

現代の明と暗、未来に光

ことし、2018（戊戌《つちのえいぬ》）年、元日の本紙1面を見てびっくり。眼に飛び込んで来た「不感地帯の安らぎ」との大文字の見出し。タイトルには「あなたへ届ける　カタチの未来」①（スマホ）とあります。ケータイは今や必需品。その電波が空中を飛び交います。若い夫婦が座卓で向き合う写真の下の横見出しには「私は外の景色眺めたい」と妻の言葉が。「京滋の携帯電話不感地帯」のイラストと「圏外になったスマホの表示」の写真も示され、なにやら只事《ただごと》ではない。京滋の住民なら知っておく必要がありそうな内容です。

正月のおめでたムードは感じられません。でも、便利な機器によってナマの見聞・交流と縁遠くなって行くのも現実です。ところで、夏目漱石は「携帯」という言葉をどのように使っていたかご存じですか？私信で「細君を携帯する」と書いているのです。家内《かない》を同伴するという意味であるのは勿論です。こちらの「携帯」は便利な上にどこか〝女らしい（？）〟存在のようですね。現代でも他人に「うちのを携帯する」、こう話したい男性は多いのではないでしょうか？ああ、お生憎《あいにく》さま。

前記の記事で若夫婦が、携帯は必要ないと話すのも、電波を経て得られる膨大な情報を頼りにしないでもいられる元気な体力があってこそ。老いた人間はそうはいきません。こうした若い世代の思いに共感しつつも、生活上の利便性もむげにはできません。

「あなたへ届ける　カタチの未来」①は38面に続きます。「老いる集落　情報化の陰で」の見出しで、〝不感地帯〟での孤立の不安を伝えます。2枚の写真とも相まって現代の明と暗、未来に光を当てた記者さん、お見事でした。

「協会は『伝統』担う自覚を」の見出しの付いた28日の日曜社説（2面）は、日本相撲協会に対して、またファンに対しても、じつに説得力あるメッセージでした。形式的な「礼節」だけでは解決不可能な問題に迫っています。

元フランス大統領でパリ市長も務めたジャック・シラク氏は、大相撲パリ公演を実現させるほどの相撲ファンであることがよく知られています。「相撲は芸術」が口癖で、来日は50回を超え、本場所にも足を運んでいます。マルチーズの愛犬はちょっと似つかわしくない顔つきでしたが、「スモウ」と名付けられていました。彼を喜ばせ、魅了させたのは相撲の品格であり、力士の所作の美しさであり、立ち会いの気合でした。

「99年1月にフランスを訪問した小渕恵三首相（当時）はシラク大統領に第65代横綱・貴乃花が明治神宮に奉納した第一号の『綱』を贈った。『今まで、さまざまな人からプレゼントを受けたが、これほど嬉しかったことはない』とシラク氏は語った。ちなみに当時のシラク氏のひいき力士は貴乃花。贈られた綱は、大統領府の小会議室をしばらく飾った」と、元パリ特派員のジャーナリストのルポに教えられました。

（京都漱石の會代表）

次回の丹治さんの評は3月11日に掲載します。

写真見て、現場赴き思案

権力へ厳しい視点　脈々

「三十六峰」の「◆工場従業員に責任押し付け雲隠れか。説明責任は高給の対価のはず。日産ゴーン氏。」もよくわかります。庶民の常識では到底考えられない高額な給料、組織のトップとしてのその感覚ですね。

近隣では次々とミサイルを打ち上げる戦慄の現実の只中。「◆強硬一点張り鮮明に。米、北朝鮮を『テロ支援国家』再認定。チキンレースどこまで。」と二十一日の「三十六峰」が寸評していますが、まじめに考え出すと末恐ろしくなります。わが国の原爆の記憶は今も生々しいものです。

旧い話を持ち出してすみません。「建武の新政」の時代（十四世紀）に、京の二条河原に立てられた落書を留めおいた資料が今に伝わります。お上への批判のオンパレード。「三十六峰」にも受け継がれた、権力に対する厳しい視点が、この地には脈々と生き続けているのかも知れません。

ここで、夏目漱石の話題をひとつ。漱石は旧制五高（現熊本大）、同一高（現東京大）、そして東京帝大で英語や英文学を教えました。一高での授業の一こまです。十九世紀のイギリス作家、スチーブンソンの作品がテキストでした。生徒に「（予習を）君やってきたかね」と次々に問いかけていきます。要領のいい一人が「やってきました」と返事をすると、

「やってきたんじゃないだろう。（うそを付くんじゃない）日本の政治家は君のような卵が、だんだん大きくなってゆくのだから、ごまかし政治ばかりだ」と。実際にあったエピソードです。その後、漱石が大学を辞めて新聞社に入り、小説を書いたのはご承知の通りです。

今、話題の人、加計孝太郎・加計学園理事長は別家と聞きますが、本家筋の加計正文は、東京帝大で漱石の教え子でした。広島出身の漱石門下の作家、鈴木三重吉が同郷の加計を漱石に紹介しました。明治三十九（一九〇六）年、加計の結婚を「目出度い」と書いた三重吉宛ての漱石の手紙も残ります。また。加計は漱石の肉声を蝋管式の蓄音機に録音しています。師の音声を後世に残そう、という思いが強かったのでしょう。

第2回　写真を見て、現場赴き思案

二〇一八年一月十四日（日）

新聞の魅力の一つに、刻々と動く時の流れを写す写真の存在があります。暮れも押し迫った十二月二十八日の朝刊1面（京都）には、知恩院（京都市東山区）での除夜の鐘の試し突きの様子が。僧が身をのけ反らせながら親綱を巧に操り、撞木で大鐘を打ち鳴らす瞬間を切り取った躍動感あふれる一枚でした。同じ日の朝刊19面（京都総合面）の「二条城　来場　四十一年ぶり二百万人　過去最高更新見込み」の記事の写真からは、現場の雰囲気がよく伝わってきました。二百万人目の来場者となった静岡からの家族連れに、羽織袴姿の門川大作市長が二条城のマツで作った門松など記念品を贈る様を収めています。元手要らずのセンスあるプレゼントですわ。

じつは私、この記事を目にしたのがきっかけで、正月二日に世界遺産・二条城（同市中京区）に出かけたのです。今年は明治維新百五十年のメモリアルイヤー。将軍・徳川慶喜が諸大名に大政奉還を告げるのがこの二条城です。一八六七年秋のこと。その後、維新に向けて時代の激流が人々を巻き込んでいきます。そんな歴史舞台の平成三十（二〇一八）年の松の内。プレゼントの本元でもある門松が見事に正門に飾られている様をこの目でしかと確かめました。いやぁ〜すばらしい！

有り難いことに、年始、和装の者は特別公開されている庭園に無料で入れるのです。アジア各国からの観光客が目立つ中、着物姿は私だけ。この清潔で美しい文化遺産が国際交流に果たす役割に思いをはせていた時、ふと頭をよぎったのは、某地方創生担当相（当時）

が巻き起こした文化財をめぐる昨年四月の一騒動です。

大津市内での講演で、文化財保存を担う学芸員を、観光振興を進める上で「一番のがん」と批判し、「二条城では過去、全く英語の案内表記がなく、何の歴史的な説明もなかった」とも発言。その後、前者に関しては「言い過ぎだった」と謝罪し、後者についても事実の誤りを認めましたが、「表記は不十分」との一点は譲らなかった、というのがその顚末です。

私見ですが、「観光振興への貢献を」という思いの発露で、学芸員うんぬんは本筋ではなかったのではないでしょうか。まあ、京都人といえば、東京人に対して、「こちらは千年の歴史がありますけど、東京は?」などとイケズを言いそうなところがありますしね。相手はお上のオエラガタ。「(そんな)京都がなんぼのものじゃ」とまではお考えにはなりますまいが、「しっかりせい!」というやや過激な激励のお気持ちだったのではありますまいか。

二条城に話を戻しますと、既に七言語のパンフレットを備えており、元離宮二条城事務所の北村信幸所長は「かつて(案内表記が)不十分だったのは間違いないが、学芸員の力を借りて順次対応してきた」と話しています。ちなみに某地方創生担当相は前年(十六年)十月に二条城を訪れたとか。

第3回　現代の明と暗、未来に光

二〇一八年二月十一日（日）

ことし、二〇一八（戊戌）年、元日の本紙1面を見てびっくり。眼に飛び込んで来た「不感地帯の安らぎ」との大文字の見出し。タイトルには「あなたへ届ける　カタチの未来①（スマホ）」とあります。ケータイは今や必需品。その電波が空中を飛び交います。若い夫婦が座卓で向き合う写真の下の横見出しには「私は外の景色眺めたい」と妻の言葉が。「京滋の携帯電話不感地帯」のイラストと「圏外になったスマホの表示」の写真も示され、なにやら只事ではない。京滋の住民なら知っておく必要がありそうな内容です。

正月のおめでたムードは感じられません。でも、便利な機器によってナマの見聞・交流と縁遠くなって行くのも現実です。ところで、夏目漱石は「携帯」という言葉をどのように使っていたかご存じですか?私信で「細君を携帯する」と書いているのです。家内を同伴するという意味であるのは勿論です。こちらの「携帯」は便利な上にどこか〝女らしい（?・）〟存在のようですね。現代でも他人に「うちのを携帯する」、こう話したい男性は多いのではないでしょうか?ああ、お生憎さま。

前記の記事で若夫婦が、携帯は必要ないと話すのも、電波を経て得られる膨大な情報を頼りにしないでもいられる元気な体力があってこそ。老いた人間はそうはいきません。こうした若い世代の思いに共感しつつも、生活上の利便性もむげにはできません。

「あなたへ届ける　カタチの未来」①は38面に続きます。「老いる集落　情報化の陰で」の見出しで、〝不感地帯〟での孤立の不安を伝えます。二枚の写真とも相まって現代の明と暗、未来に光を当てた記者さん、お見事でした。

「協会は『伝統』担う自覚を」の見出しの付いた二十八日の日曜社説（2面）は、日本相撲協会に対して、またファンに対しても、じつに説得力あるメッセージでした。形式的な「礼節」だけでは解決不可能な問題に迫っています。

元フランス大統領でパリ市長も勤めたジャック・シラク氏は、大相撲パリ公演を実現させるほどの相撲ファンであることがよく知られています。「相撲は芸術」が口癖で、来日は五十回を超え、本場所にも足を運んでいます。マルチーズの愛犬はちょっと似つかわしくない顔つきでしたが、「スモウ」と名付けられていました。彼を喜ばせ、魅了させたのは相撲の品格であり、力士の所作の美しさであり、立ち会いの気合でした。

「九九年一月にフランスを訪問した小渕恵三首相（当時）はシラク大統領に第六十五代横

綱・貴乃花が明治神宮に奉納した第一号の『綱』と軍配を贈った。『今まで、さまざまな人からプレゼントを受けたが、これほど嬉しかったことはない』とシラク氏は語った。ちなみに当時のシラク氏のひいき力士は貴乃花。贈られた綱は、大統領府の小会議室をしばらく飾ったという」。元パリ特派員のジャーナリストのルポに教えられました。

第4回　記者の熱意伝わった

二〇一八年三月十一日（日）

京都新聞を切り抜いてつづり込んだファイルが日々、積み重なっていく居間で、一片の香を焚き、旧い記事を読み返しています。

今日は三月十一日。東日本大震災の記憶がまた蘇ってきます。復興道半ばの被災地の厳しい現実を、紙面などを通して知るにつけ、京に住む私は申し訳ない気持ちでいっぱいです。現地のリアルな姿を多くの人に伝えるべく、報道に携わる方々は日夜、取材にいそしんでいます。まずは東日本大震災関連の記事から取り上げます。

三月四日朝刊1面の「被災三県の仮設住宅　七九一人退去めど立たず」の記事、客観的なデータが明らかにするのは、3・11から七年がたった被災地の何ともやりきれない現状です。そして、六日朝刊13面（文化面）の「『震災後』を問う」㊦の「意図せざる放置」では、上川龍之進・大阪大准教授が政治学者の目で「世論に配慮したその場しのぎの対応」に終始する政治のありように、言を荒らげることなく疑問を投げ掛けます。一日も早く仮設住宅から出られるよう、行政の情も実もある対応が待たれてなりません。加えて原子力発電に関しては、これまで長年にわたり、利点のみが知らされ、信じさせられてきたのでは、という大きな悔いが残ります。

ところで、平昌冬季五輪で二連覇の偉業を達成したフィギュアスケートの羽生結弦選手に国民栄誉賞が授与されることになりました。東日本大震災の被災者の一人。被災地の人々に勇気を与えたことも考慮されたとか。古来、「他人の牛蒡で法事をする」って申しますよね。外国メディアが伝えたように、彼はまさに「氷上の貴公子」。牛蒡よりもっともっと美しい脚で舞いました。むろん、今回の法事はお上のなさること。まずはおめでとうございます！

京都市出身の宮原知子選手も「日本美」と他の選手らから称賛されるなど、見事な演技を披露。彼女の数々の品位あるシーンを撮影、また記事にした京都新聞の特派記者もご苦労さまでした。

一月二十二日朝刊7面の「取材ノートから」は原爆取材に携わった記者の肉声です。「長崎市で生まれた新聞記者として、これからも被爆者の声を届けていきたい」という結びの言葉から、彼の熱意が伝わってきます。

この記者の署名がある原爆関連の記事を何本かチェックしてみました。昨年十一月二十四日の朝刊1面の「湯川秀樹　終戦期の日記」からは、それこそ渾身の取材ぶりがうかがえます。未公表の日記の内容が明らかになり、間違いなく一級の資料です。また、翌二十五日の朝刊1、3面に掲載された「軍学共同の道」では「防衛資金　大学に食指」という〝象牙の塔〟の生々しい姿が紹介されています。いろいろ教えられました。地域に根ざし、かつ地域にとどまらないニュース（事実）を、正義感と人間への愛を持って読者に伝えんとする記者の皆さんに、一片の沈香を焚かせていただいたのでした。

第5回　桜と春　歴史に思いはせ

二〇一八年四月八日（日）

三月は気温が高く、桜の開花が早まり、観光客には戸惑いが広がったようです。四月四日夕刊1面の長大な横長写真の被写体は、遅咲きで知られる仁和寺（京都市右京区）の御室桜。ピンクの花のじゅうたんが広がる、うっとりするような一枚です。記事によると「（満開を迎えたのは）一九九九年以降で最も早い」とか。見出しの通り、まさに「春の最終便」です。年々歳々とはいえ、ゆく春を惜しむ思いはひとしおです。

三月三十一日朝刊26面（地域プラス面）の「ドローン空撮企画　ソラドリ」には、京都府庁旧本館（同市上京区）中庭のしだれ桜が登場しています。ルネサンス様式の建物に囲まれたさまは、額縁に納まった絵のよう。「祇園しだれ桜」（初代の孫）と京都守護職だった会津藩主・松平容保にちなむ「容保桜」が濃淡相いなして淡紅色に映え、愉快でした。京都新聞サイトの「桜の動画」をクリックして、その他の京滋の主要な桜名所も興味深く観賞することができました。ちなみに、二十五日朝刊1面の「凡語」が、このしだれ桜と旧本館について触れています。「広大な吹き抜け空間に華麗な装飾が施された旧議場、七一年までの歴代知事が執務した重厚な部屋も見学することができる。ここでは『革新』『保守』という異なる立場から激しい政策論議を繰り広げた末に、京都府政の道筋をつけてきた」。共感できる文だと思います。革新政党も保守政党も府民のために道筋をつけてきた、という歴史に素直に感謝します。今日（八日）は知事選の投票日です。

京都の川で、まず思い浮かぶのが鴨川。平安末期、白河法皇は自身の思い通りにならないものとして「賀茂河の水、双六の賽、山法師」の三つをあげました。時代が移り、そんな暴れ川も治水が整い、堤防には桜並木ができました。その一つが「師範（志波む）さくら」で、出雲橋のたもとにはその記念碑が立ちます。記録には明治三十八（一九〇五）年、日露戦争の終結を記念して植樹が計画され、葵橋より御園橋に至る両岸の堤防に桜と楓を植えることが職員会議で発議された由。それ故、京都府師範学校（現・京都教育大学）の教職員・学生・児童らの醵金と労力奉仕によって桜二千二百七十九本と楓七百三十五が植樹された、とあります。水害にあまり見舞われることなく、のどかな気分で堤防を散策しつつ、花見が楽しめるのも、こうした先人たちの努力があってこそでしょう。

夏目漱石が東京帝国大学教員の職を辞し、京都を訪れたのは明治四十年春のこと。その後、朝日新聞に掲載された「入社の辞」には「學校をやめてから、京都へ遊びに行った。

其地で故舊と會して、野に山に寺に社に、いづれも教場よりは愉快であつた。鶯は身を逆まにして初音を張る。餘は心を空にして四年來の塵を肺の奥から吐き出した。是も新聞屋になった御蔭である」との記述が。漱石も京の春を楽しんだようです。

漱石句碑の縁

古い書類などを捨てきれずにしまい込み、いつしか失念するもう一人の情けない自分。お盆前の七月、悔やんでも悔やみきれない事があった。複写の文字が薄く判読しづらい一通の現金書留封筒が筺底から出てきて、はて？と訝りつつ封を切って開くと何と京都漱石の會設立時、「2008.3.6」の日付のあるお祝いのお手紙だった。やわらかいペン字の筆跡は教養豊かな香りがただよう。

お寒い中にも日差しは春めいて参りました。先日はお電話を有り難うございました。「京都漱石の會」の設立おめでとうございます。趣意書を読ませていただき、句碑建立から四十年の月日が流れましたが、今また皆様のお力添えで「京都漱石の會」が設立されますこと本当におめでとうございます。私は有り難く感謝いたしております。四十年前の建立の時は北山正迪先生が中心になられ、いろいろ御骨折り下さったと記憶しております。今はもう当時の方は殆どいらっしゃいませんが、再び漱石句碑の前で例会を持たれますこと亡くなられた方々がどんなにか喜ばれることかと思い、私は厚く御礼申し上げます。失礼とは存じましたが私の気持だけでございますがお祝いお届けさせて頂きたく存じます。　山口和子

仰天した私は直ちに書状をお出しした所、山口様のご子息の夫人からお電話を頂いた。「義母はことしの春八十七歳で亡くなりました」との事。一瞬言葉を失った。山口和子様は山口華楊画伯のご子息で京都大学の山口昌哉氏の夫人であった。賜った御祝儀は遠慮無く会に入れさせて頂き、ちょうどお盆前のこと、虎屋の羊羹一箱をご仏前にお供えさせて頂いた。京都の文化功労者で国の文化勲章受章者でもある山口華楊画伯。遠くない所に住んでいても私には遠い存在だった。でも、和子様は当時の事柄をよくご存じだった。御多佳さんに漱石が贈った一句を彫った句碑のことも。

鎌倉漱石の会を主催される内田貢氏が漱石句碑を京都にと発案され、お世話されたのが

始まりだったと聴いている。それが京都、京阪神の人々も協力し広く寄金が寄せられ、山口氏のお陰で八瀬童子会所有の比叡山のような形の真黒石が選ばれ、洛中に建立された。

当時の事情については「京都漱石の會」会報十四号に掲載されている北山正迪氏（和歌山大学教授）の記述が詳しい。

京都大学の山口昌哉氏に相談した。「漱石なら」というので同氏の父君の山口華楊画伯と同氏の友人の彫刻家山本恪二氏が簡単に無料でお引き受け下さった。上洛した内田さんは祇園の中島氏、市の文化観光局、高山前市長等と交渉されたが、これも結局「漱石なら」ということで協力が得られ場所のほうは決定した。石の方は八瀬の真黒石の他に二三調べてあったが、全て山口さんにお任せして、それから選んで頂くことにした。結果は極めて自然に、八瀬童子会所有の真黒石に決まった。御苑の宮内庁事務所の前庭にある石と同じ場所から出たものである。この方も、多少の経緯はあったが、童子会会長、文化観光局長の御好意で譲って頂くこととなった。石面への配字造庭などに入ったが、これらは製作に御多忙であったにも拘わらず山口華楊画伯、彫刻家山本恪二氏が約束通り御尽力下さった。碑陰の文字は森田子竜氏を煩わせた。造庭は花

一九六七（昭和四二）年四月九日、漱石句碑建碑（『京都新聞』より）

完成した漱石句碑の前で「記念のつどい」

員六人）でこのほど園児の集団赤痢が発生、同日までに園児から患者三人、保菌者十六人がみつか

参拝団の中には、終戦後はじめて靖国神社に参拝する人もあり、遺族たちは苦しかった戦後の生活

"文豪"しのんで

御池通木屋町 「漱石句碑」が完成

明治の文豪、夏目漱石の生誕百年を記念する"漱石句碑"が、京都市中京区御池通木屋町東入ルの漱石ゆかりの地に建てられ、九日朝、現場で記念のつどいが開かれた。

漱石は死去する一年半前の大正四年三月から約一カ月、京都に滞留した。当時、鴨川にのぞむ「北ノ大嘉」に滞在していたが持病に悩む漱石の看護につくした祇園のファン磯田多佳さん（昭和二十年五月死去）に「木屋町に宿をとりて 川向の御多佳さんに 春の川を隔てて 男女哉 漱石」としたためた色紙を贈った。

この京都と漱石を結ぶ遺品を生かし、市民に紹介しようと鎌倉漱石の会（内田貢会長）が計画、漱石京都句碑の会（中島勝蔵代表）らが協力して碑を建立した。

同碑は約二・五㍍の加茂真黒の大石で山口華楊画伯と山本格二市立美大助教授が設計、石の表面には白字で俳句が浮き出しにされ、裏面に書家森田子竜さんの「漱石生誕百年記念」の文字がきざみ込まれている。比叡の姿を象徴するようなどっしりした"真黒石"の傍らには白いユッカの花が咲き、しっとりと落ち着いた風情、京と文豪の因縁を語るにふさわしい環境がつくられた。

完成の集いには内田さんはじめ多佳さんの長男磯田又一郎画伯や漱石研究家、小林孝俊さんら十四人が出席、碑を囲んで歓談した。

なお除幕式は生誕満百年に当たる来年四月花の季節に行なわれる。

園の神部氏、石刻の方は嵯峨の石寅さんに依頼した。

（昭和四二年「京都句碑の会」記念）

この句碑に関する貴重な会計報告書をさる方を通して入手した。京都漱石の會設立十周年にあたる、「虞美人草」二十号記念に資料として入れることとした。その資料を通じ、漱石を愛する江湖の方々の浄財がいかに集まり、京都の漱石の句碑となったかを理解できる。「京都漱石句碑の会」は句碑が建立した時点で消滅し、森田子竜氏による石碑裏面の「漱石会」のただ三文字としてのみ残っている。所有権も主張される事なく、おおらかな漱石愛好者達の無私の協力の方々の思いが伝わってくる。

山口和子様のお優しい書簡に遅ればせながら気付いたのも邂逅の不思議という事なのかもしれない。

「空」を重んじる思想

「色ということ、空ということ」という視点から「虞美人草」を考えたが（本書41頁）、「空ということ」、この深遠な東洋哲学について、長年この思想に取り組んできた主人丹治昭義を前にして語ることはむずかしい。しかし無常・諦観・幽玄・侘びの美意識、文学とは別であるといわれても、ものごとの根本は同じだということをつよく思う。主人は勤務校の大学を定年退職後、以前から依頼されたサンスクリット翻訳・校註に取り組んできた。その成果を『新訳大蔵経典インド撰述部・中論　上下巻』として最近上梓した。京都大学での文学博士・学位も中観思想研究であり、『沈黙と教説』と題した著書に結実している。

生来、寡黙で生真面目な主人。口数の少ない、という形容は、昔の美徳の一つであったかもしれない。ただ、男性の場合は少し事情は異なるようだ。さる教育者の仲介で、主人とお見合いをした時のこと、声も小さく殆ど話をしない男性というのが第一印象だった。「蚊のなくような声」とたしか私は言ったようで、それに対して「此岸から向うの岸まで届く声」と言われたことを思い出す。

そんな主人が京都新聞社からインタビューを申し込まれたのは四月八日、お釈迦様の生誕日だった。当日、応接間というものがない拙宅で編集の樺山記者に窮屈な和室での対応となった。私はすぐ引っ込みどんな内容のインタビューであったか知る由もなかった。後日新聞記事を読んで主人の郷里・静岡のことが出ていたのが嬉しく、義父母のことを思い出し涙した。静岡の父母の家の庭に立つと正面に富士山が見える。清貧に生きた元教員の父母は七人の子を育てながら自坊の寺を堅持し、子らは揃って奨学資金を得て国立大学を卒業、それぞれ立派に独立している。三男の主人は静高、京大と進み、そのまま京都に住み着き、今年で七十年になったようだ。

京都新聞　2020年(令和2年)5月25日　月曜日　文化　12

「空」重んじる思想　今こそ

仏教書「中論」注釈刊行　仏教学者　丹治昭義さん

研究の集大成である「中論」について語る関西大名誉教授の丹治昭義さん（京都市北区の自宅）

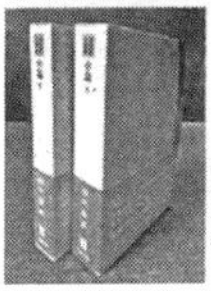

新釈「中論」

大乗仏教の思想展開に多大な影響を与えたとされる仏教書「中論《ちゅうろん》」の注釈書を、仏教学者である関西大名誉教授の丹治昭義さん（87）が刊行した。上下巻で計1200㌻を超える大著。「70年近い研究生活の集大成として何とか形にできた」と感慨深げに語る。（樺山聡）

「『中論』の読解に専念し始めたのが20年ほど前。気づいたら人生も終わりに近づいていたというか、心ならずもライフワークになったと思っています」。穏やかな口調で控えめに振り返りながらも、「『中論』を基本典籍とする学派の中観思想をこれから研究対象として取り組むには、この本を通らないとできないとは思っているのですが」と自負をのぞかせる。

中論は2～3世紀のインド人である龍樹（ナーガールジュナ）が著した445の簡潔な「偈文」にインドの青目《しょうもく》（ピンガラ）が注釈をしたもの。鳩摩羅什《くまらじゅう》（クマーラジーヴァ）による漢訳があり、それを基にした。

「漢訳は直訳ではなく、訳者の羅什が中国的な文化の中で仏教を理解して書き足している。原典との違いを明確にするために、サンスクリット訳やチベット訳と比べながら、中論という書物が一体どういうことを伝えたいのかということを追究した」

二極端の真ん中

詳細な読み解きで見えてきた「中論」の思想とはどんなものだったのか。

「教科書的な理解では『中論』は大乗仏教とされるが、それは間違い」と丹治さんは指摘する。

「小乗仏教では、悟りは個人的な体験として存在するとされる。それを大乗仏教は否定し、悟りは意識としてはあるが、存在はしないと唱える。これに対し、中観思想は、そのどちらでもなく、『空』ということを言う。『空』とは『中論』の『中』でもある。『中』とは二つの極端を想定した真ん中で、あるのでもないし、ないのでもない。いわば、極端を否定する思想だと言えます」

丹治さんは今回の著書で、漢文の書き下し文に膨大な注釈と解題を付けた。「できるだけ読みやすいように、書き下し文が書かれたページに注釈を併載した」

こうした「中論」の思想に現代において触れることは、どのような意味があるのだろうか。

「争いは、ある一つの立場への執着から生まれる。極端な思想的立場を、どちらも間違いだとする考え方は、世界平和成立の唯一の根拠になるような思想ではないか」と語る。「冷戦下のような決定的なイデオロギー対立こそなくなったかもしれないが、形を変えて対立はどこにでもある。その意味で『中論』の思想はなお重要な意味を持つ」

宗教を分かりやすく

静岡市出身の丹治さんは13歳で終戦を迎えた。戦時中、故郷一帯が夜間に爆撃に遭い、翌朝に見た外の光景が忘れられないという。

「地面は熱く、焼死体がマネキンのようにいたるところにあった。やがて河原で火葬が始まり、脂肪の焼けるにおいがたまらなかった。国だけでなく、何もかもが信用できなくなった」

西洋からの輸入ではなく独自の思想を目指した「西田哲学」にあこがれて京都大へ進学。西田幾多郎門下の1期生として知られる山内得立（1890～1982年）の最後の講義を受け、龍樹の論理に触れたこともあり、仏教学へと関心が移っていった。京大の大学院とインド留学を経て、関西大で長く教壇に立った。

大乗仏教や中観思想の泰斗として知られ、著作は専門書が主だが、一般向けでは「宗教詩人　宮沢賢治—大乗仏教にもとづく世界観」（中公新書）を96年に書いた。「聖者のように捉えられてきた賢治の日常の人となりや考え方そのものを評価しようと試みた」

現在、宗教をより分かりやすく伝える著書の刊行に向けて準備しているという。「例えば愛のような、宗教にとっての基本的な概念を身近な話題に引きつければ、もうちょっと分かりやすく宗教を理解してもらえるのではないか」

新型コロナウイルスの感染拡大で揺れる世界を静かに見つめる。「私たちは好むと好まざるとに関わりなく、蔓延するコロナウイルスの恐怖や不安に直面して生きていかねばなりません。これこそが、これからの人間の業なのでしょう」

「新国訳大蔵経　インド撰述部　中観部　中論」（大蔵出版）の上下巻は各1万6500円。

養壽庵の軸を床に掛ける

男女の格差という事にこだわる訳ではないが、確実に逆転したものがある。それは平均寿命である。平均寿命をスマホで検索すると、明治三十二年から三十六年、男は三十二〜四十二歳、女は二十八歳と出てくる。日清、日露の戦争があった時代のことで戦死者と貧困の故のことだろう。医療の不備、未発達、飢餓に近い栄養不良、そして女性蔑視の風潮もあったことだろう。

大正十年から十四年までも、男四十二歳、女三十八歳である。大正五年十二月に四十九歳で死去した漱石は長命といえた。そして自ら爺いと手紙に書いていたのも頷ける。

昭和に入ると女のみ一変するのだ。昭和十五年に男四十四歳、女四十六歳。日華事変から太平洋戦争へと不穏な空気が蔓延する時代である。さらに終戦後、女は昭和二十五年に、男は二十七年に、平均寿命六十歳を越えた。そして平均寿命が七十歳、八十歳と延びていくのも昭和であった。平成を通り過ぎて令和になると、男八十一・六四歳、女八十七・七四歳となる（厚生労働省二〇二一年の発表）。世界の平均寿命年齢の一位は日本、二位はオーストラリアである。

私はひと様の長寿を寿ぐ気持ちは十分持ち合わせているけれども、今年八十五歳の自分の年を思うと複雑な心境でいる。長くは生きられないと医師から言われていた十代の自分が今日まで生かされてきた事に感謝しかない。天地・師・親の恩。多くの方々の恩恵に浴してきた。ただ、超高齢者となり、家の中では歩けはするけれど、介護保険のヘルパーさんに週二回来て貰い家事を手助けして貰っている。ごく普通のことができなくなり、日赤病院に眼科の検診に行く際も、車椅子を依頼して手助けして貰っている。既往症のある身の老化はこの先も進むかもしれない。

高齢化社会による若い世代への深刻な依存を考えると、昔、映画館で見た「楢山節考」を思い出す。長寿国の未来は、どのようになってゆくのだろうか。幸いに、会報の編集は机上で行え、会員との交流もネットが多く、支障ないままに続けている。

超高齢者とよばれる八十歳以上の年代が多数を占める日本。平均寿命世界第一位と認定されているのも、国力があっての結果である。女性の寿命が短かったかつてのわが国の経済、医療水準、生活環境の状況と比べると目を見張るものがある。

いま人口減少によって現役世代の労働力が足らないという深刻な事態に直面している。高齢化の進行は速く、総人口の三割近くを占めるという。問題は出生率の低下が挙げられよう。適齢期に結婚しなくなった女性が増加し、子供が生まれなくなったということ。政府の資料を覗くと、「出生率低下の要因：未婚化・晩婚化・晩産化・夫婦出生率の低下」とあるのが面白い。

古くは出産・産後における穢れの思想が各地にあって女の性を貶めていた負の歴史もあったけれども、生命の誕生を司るものは一に神秘、二に女であることを忘れてはなるまい。労働人口の減少・少子化の現実を変えるには、今のように不妊治療費を肩代わりしたり、子供を産んだ女へ一時金を支給するという政策だけでは無理だと思う。

最近、作家の村上春樹が、ラジオＦＭで「年寄りが勝手に始めた戦争で、若い人たちが命を落としてゆく」と発言しているのを知りウクライナを思いながら深く共感した。

小間の茶室の床に、養壽庵の掛け軸を掛けてひとときの憩いの中に居る。此処だけは片付かない家の中で唯一の、聖なる場所だ。

「普請の思い出」にも書いたが、大地主の跡取り娘だった実家の母の壽子《ひさこ》が私に贈与してくれたこの家は、約五十年前に中村昌生先生設計、中村外二棟梁の施工により建てられた。露路は中根金作先生の作。裏千家学園茶道専門学校五期生として入学在籍した時の有り難いご縁による。オリジナルなこの小間の茶室は、当時裏千家第十五世鵬雲斎家元から、庵号「養壽庵」のご揮毫と板額を賜ったのであった。私は、雄渾で美しいこの書を拝見する度に心の底から勇気を与えられるような気がする。

大宗匠のあの力強い声が聞こえるような気がする。

一生修行だ、死んでも修行だ！

その大宗匠は先だって九十九歳白寿のお誕生日を迎えられた。今もかくしゃくとして全国で活動しておられる。納税面でも長年多額の納付が広く知られている。

許されるならば私も、あと暫く、感謝しつつ静かに、この世を生きて行ければと願う。

あとがき

漱石に惹かれるようになったのは若い時分ではなく、漱石がお札に登場してから。毎日のように千円札のあの漱石の肖像に触れる度「あなた、どんなひと？」と問い、人柄に触れて見たいと、主婦の財布から思うのだった。ごく普通の読者だったので、その後、日本ペンクラブ京都例会が主催する講演会で、講師だった瀬戸内寂聴氏の質疑応答に手を挙げ、漱石についての感想を聞いた。

そうすると「あなたは何が好きか」と反対にたずねられた。即座に「『吾輩は猫である』」と答えたところ、「あれは小説ではない」という。そっけない反応で何だか残念に思った記憶がある。その場に居られた門川大作市長が後年、漱石句碑の脇に駒札を立てた第一回京都漱石の會でご挨拶され、そのなかで「吾輩は猫である」に触れられ、「英語なら「私は猫です」、それが日本語では「吾輩は猫である！」」と日本語のもつ深さをユーモラスに語られたあの日の事を思い出した。

それから、十五年を経た昨年、新調した駒札の傍らで門川市長から京都市文化芸術有功賞を授与されたのである。市長のご挨拶は、漱石文学と京都のえにしを尊ばれた有難いものだった。続いて、京都市会議長らのご祝辞、当会からは久保田淳東京大学名誉教授、須田千里京都大学教授のご挨拶を幹事が代読した。私も恥ずかしながらつたない謝辞を述べた。その様子は京都新聞にも取り上げられた。

七十歳で漱石の会を立ち上げた自分の思いを皆様があたたかく育んでくださったことに感謝の気持ちでいっぱいになった。会報「虞美人草」は国会図書館ほか各地の図書館・文学館へ寄贈してきた。会報の発行と定例会開催を続けて十六年、漱石顕彰の足跡をつけることができたのではないかと思っている。

当て15年

夏目漱石と京都のつながりに光を当てる「京都漱石の會《かい》」が、設立15周年を迎えた。設立に際して京都市中京区の御池大橋西詰にある漱石の句碑のそばに立てた駒札を、節目にあわせて新調した。また、会の功績に対して市から文化芸術有功賞が贈られた。

「句碑がある京都でも漱石を語り継ぎたいと会をつくり、多くの人たちに支えられ

ができて40年の2007年に設立された。

発起人には、漱石の孫でオレゴン大名誉教授の故松岡陽子マックレインさんも名を連ねた。翌年から毎年春と秋に例会を開き、一線で活躍する漱石研究者を招いて講演会を開いている。作家の故半藤一利さん、松岡さん、東大名誉教授の故芳賀徹さんのほか、京都在住で著書に「漱石の京

京×漱石　光を

「會」が句碑駒札新調、京都市表彰も

てここまでこられました」。16日に句碑横で行われた新しい駒札の除幕式で、「京都漱石の會」代表の丹治伊津子さん(85)＝北区＝があいさつした。

京都を4度訪れたとされる漱石。腹痛で寝込んだ際に文学芸妓と言われた祇園の磯田多佳に漱石は「春の川を隔てゝ男女哉」と詠んだ。句碑は漱石の生誕100年に市民有志によって設置されたという。「京都漱石の會」は句碑

都」(平凡社)がある水川隆夫さんらが参加してきた。会報「虞美人草《ぐびじんそう》」は30㌻前後で研究者の論考や随筆を載せた。

こうした功績に対して、市は文化芸術への貢献をたたえる市文化芸術有功賞を贈り、句碑の前で表彰式もあわせて開かれた。門川大作市長から表彰状を受け取った丹治さんは「地元で評価された喜びは言葉になりません」と感謝した。（樺山聡）

漱石の句碑の横に新調した駒札の前であいさつする丹治さん（京都市中京区）

『京都新聞』（2022年10月20日）より

漱石はいわゆる文人ではなく学者でもあった。四十九歳の生涯の後半、胃病に苦しみながら珠玉の作品を私たちに残してくれた。読めば読むほど奥が深く、漱石の意図をいまだ読みとれてはいないが、本を手にしただけで心が落ち着く。作品の中に叡知と愛がある。漱石は明治四十四年長野県会議事院において有名なことばを残している。

真に芸術的なるものは必ず倫理的なり

私はこのことばに導かれ、今日まで歩いてきたように思う。
私が最も好きな書簡集に昔「どんなひと?」と千円札の漱石に問いかけた答えがあった。

二〇〇〇年頃に私は自分のホームページ「伝統文化コミュニティ　椿　わびすけの家」を作成した。当時はまだネット界隈も閑散としていたが、それなりのファンを擁し、茶道・猫・京都をテーマにライカデジルックスを手にしてせっせと取材にも出かけた。本書に入れた「ドラという名の日本猫」は最初のエッセイで、市内の猫寺にド

平岡先生、マックレイン・陽子さんと

ラの墓もある。ＨＰから会誌「虞美人草」、こうした道楽ともいえる事などを人生の晩年に行うことができたのは平和な国に住んでいるお蔭である。すべての人々に感謝を捧げたいと思う。

二〇一〇年暮れに『夏目漱石の京都』を上梓、故平岡敏夫先生、漱石の孫、故松岡陽子マックレイン先生に有難いお言葉を頂戴したのも、ついこの間のように思われる。十三年を経て二冊目を出せるとは、それも夏目房之介先生の帯文も頂戴できた。勿体ない思いでいっぱいである。

今回、函には漱石が京都旅行から帰

り、京都を思いつつ描かれたとされる『不成帖』から「椿と盆石」の画を選んだ。画に描かれている盆石は漱石が自ら比叡山で拾ったもので、持ち帰ることを忘れ、菅虎雄に届けてくれるよう依頼し、菅から依頼された狩野亨吉が東京の自宅に届けたといういわく付きの石なのである。この事情については前著『夏目漱石と京都』の「「椿と盆石」の淡彩画によせて」が詳しいのでぜひ読んでいただきたい。

また、口絵には漱石の句碑と今年新しくした駒札をあげ、二、三頁には函と同様に漱石が京都で描いた、あるいは京都を思って描いたとされる画の中からあまりとりあげてこられなかったものを並べた。最後の頁には尊敬してやまない千玄室大宗匠の写真をあげさせていただいた。大宗匠はいつも京都漱石の會を応援して下さり、「心ばかり」としてお包みに「漱石先生　丹治先生」と書いて下さった。ただただかたじけない。大宗匠に直接漱石のことを伺ったことはないが、きっと漱石をお好きだと確信している。また、文学に造詣の深い御家元にも感謝申し上げたい。

八月には亀井俊介先生がご逝去された。拙著の完成を心待ちにして下さっていたのに間に合わせることがきず申し訳ない気持ちである。

最後に心身不自由な私を支えてくださった翰林書房社長今井静江様、校正に携われた中山久美子ストレットスト様、アイクリエイト様、児玉安居様、京都漱石の會会員の方々に心から御礼を申し上げます。いろいろご迷惑もおかけいたしました。

伊津子合掌

二〇二三年（令和五年）十月、秋冷の日に

【著者紹介】

丹治伊津子（たんじ いつこ）

昭和12年(1937)2月19日生

社団法人日本ペンクラブ会員

茶道裏千家今日庵 名誉師範。直門・直心会会員

著書に『夏目漱石の京都』(翰林書房・2010年12月)

京都漱石の會代表

〒603-8341 京都市北区小松原北町55 京都小松原郵便局止

会誌『虞美人草』を編集・発行（年2回春秋、現在第31号）

WEB「椿　わびすけの家別館　夏目漱石の部屋」

http://wabisuke.la.coocan.jp/

漱石・明治・京都

発行日	2023年12月5日　初版第一刷 2024年3月15日　初版第二刷
著　者	丹治伊津子
発行所	翰林書房

〒151-0073 東京都渋谷区笹塚 1-56-10-911
電話　(03)6276-0633
FAX　(03)6276-0634
http://www.kanrin.co.jp
Eメール● kanrin@nifty.com

装　釘	須藤康子＋島津デザイン事務所
本文組版	松浦法子（組猫屋）
印刷・製本	メデューム

落丁・乱丁本はお取替えいたします

ISBN978-4-87737-478-5